W0370194

Document
Hors inventaire
Médiathèque Départementale
du Haut-Rhin

JR 217

UNE HISTOIRE TERRIFIANTE

© Flammarion, 2013
87, quai Panhard-et-Levassor – 75647 Paris Cedex 13
ISBN : 978-2-0812-8826-3

N. M. ZIMMERMANN

UNE HISTOIRE TERRIFIANTE

Peur sur la ville

Flammarion Jeunesse

PROLOGUE

— Je te jure, il faut que tu essayes. Ce site est vraiment génial.

J'ai hoché la tête sans m'arrêter de marcher. Richard m'avait harcelé toute la journée. Je m'étais dépêché de sortir de classe pour l'éviter, mais il m'avait rattrapé en chemin. D'après lui, un type de son ancienne école avait remporté un concours en écrivant une histoire d'horreur sur Internet et il avait gagné un truc complètement dément.

— Allez, Tom ! a-t-il insisté. Tu vas le faire, hein ?

— Je sais pas, ai-je dit. J'ai pas le temps. Je suis bloqué devant la salle des glaces dans *Monsters III*. En plus, ma mère va me faire la peau si mes notes ne remontent pas en géo. Et c'est quoi, d'abord, ce super prix ?

— Si tu veux le savoir, tu n'as qu'à gagner. C'est un truc de dingue !

J'ai ravalé une remarque désagréable. Richard avait emménagé dans le coin le mois dernier. Il avait passé plusieurs années dans un autre pays et il avait tout le temps des trucs incroyables à raconter sur son ancien collège. Il était rapidement devenu le type le plus populaire de ma classe.

À mon avis, c'étaient surtout des bobards. Mais il venait de si loin qu'on ne pouvait pas vérifier.

En tout cas, je me méfiais un peu de ce que Richard disait. Ça valait aussi pour les cadeaux mystérieux gagnés sur Internet.

— Tu ne voulais pas devenir écrivain ? Ça te fera un entraînement, a insisté Richard.

Je me suis arrêté net.

— Quoi ? Comment tu sais ça ?

Je ne l'avais jamais dit à personne. Jamais.

Richard a tapoté son nez de l'index.

— L'intuition. Juste l'intuition... et le carnet que tu gardes dans ton sac.

— Tu l'as lu ? ai-je demandé, horrifié.

Richard a haussé les épaules.

— T'as laissé ton sac dans la classe, hier. Quand on avait piscine, a-t-il précisé.

Son sourire m'a soudain donné envie de le frapper. Richard était dispensé de piscine parce qu'il était allergique au chlore. Et apparemment, il fouillait dans mes affaires pendant qu'il était en permanence.

Il s'est remis à marcher, balançant son sac sur son épaule comme s'il ne pesait rien. Richard était grand. C'était lui le plus grand de la classe, maintenant. Les filles le trouvaient beau. Pour couronner le tout, il était bon dans toutes les matières.

Moi, j'étais juste un garçon normal de douze ans. Je n'avais rien de particulier et mon ancienne école n'avait rien d'extraordinaire.

Si mes histoires commençaient à circuler, je serais aussi bientôt le type dont tout le collège se moquerait. C'était vrai, je voulais devenir écrivain. Mais plus tard. Pour le moment, mes idées étaient trop nulles et il n'était pas question que les autres lisent ce que j'écrivais.

J'espérais que Richard n'avait pas lu l'histoire avec les fleurs qui parlaient.

— Alors, tu vas le faire ? a repris Richard.

Je l'ai observé avec méfiance. Qu'est-ce que ça pouvait lui faire que j'écrive sur ce site ou pas ? Est-ce qu'il essayait de se payer ma tête ?

— Pourquoi tu ne le fais pas, toi ? Si ce prix est si cool que ça, gagne-le.

Si je continuais de refuser, Richard finirait bien par laisser tomber. Avec un peu de chance, il oublierait même qu'il avait lu mon carnet et il n'en parlerait à personne.

— C'est pas la peine que je me fatigue, a dit Richard. J'ai pas le niveau. Alors que toi, tu es super doué. Tu vas gagner, c'est sûr.

Il n'avait pas l'air de se moquer de moi. En fait, il semblait sincère. Je me suis senti rougir.

— Sérieux ? C'est juste des trucs que j'écris comme ça, c'est rien de spécial.

— Non, non, je te jure : ce que j'ai lu dans ton carnet est génial ! Qui sait, si ton histoire est repérée sur Internet, tu pourrais devenir célèbre ! Ce serait cool. Et quand tu seras un grand écrivain, tu m'achèteras plein de trucs pour me remercier de t'avoir encouragé.

On est arrivés devant chez moi et on s'est arrêtés. Il n'y avait aucune trace de moquerie sur le visage de Richard. Il avait peut-être raison. D'un coup, écrire des histoires que personne ne lisait paraissait plutôt débile. Si elles avaient plu à Richard, elles pouvaient plaire à d'autres gens.

J'ai souri. Après tout, qu'est-ce que je risquais ? Sur Internet, personne ne sait qui vous êtes. Et il y avait un prix à gagner. Quand on y réfléchissait, j'aurais été idiot de ne pas tenter ma chance.

— C'est quoi déjà, le nom du site ?

— Mephisto et Associés. Tu trouveras sans problème. L'annonce pour le concours est sur la page d'accueil.

— OK, je vais regarder. Bon, à demain !

— Tu verras, a dit Richard. Que tu deviennes écrivain ou pas, ce cadeau va changer ta vie.

Il a fait un geste de la main et il a repris son chemin.

Je suis rentré à la maison. J'ai laissé tomber mon sac par terre et je suis allé me chercher à boire dans la cuisine. J'ai attrapé une paille avant de monter dans ma chambre.

Je me suis installé devant mon ordinateur et j'ai siroté mon soda en attendant qu'il s'allume.

« Mephisto et Associés... »

Le site est apparu en premier dans le moteur de recherche. Je l'ai ouvert.

Bienvenue chez Mephisto et Associés !
Qui que vous soyez, quoi que vous cherchiez,
le Professeur Mephisto a ce qu'il vous faut !

Le sommaire du site était interminable.

Et bizarre...

Sortilèges, figurines vaudoues, animaux magiques, location de chasseur de fantômes... On trouvait réellement n'importe quoi chez Mephisto et Associés. À condition qu'on cherche quelque chose de surnaturel, évidemment.

J'ai mâchonné la paille plongée dans mon verre à présent quasi vide et j'ai fait défiler l'écran sans prendre la peine de lire le nom des catégories. Je me suis promis d'explorer le site plus tard. Pour le moment, c'était le concours qui m'intéressait. Tout en bas, un bandeau clignotant indiquait en lettres rouges sur fond noir :

Une histoire à raconter ?
Apportez votre témoignage horrifique
et gagnez un prix qui dépassera
tout ce que vous pouvez imaginer !

J'ai posé mon verre. Richard n'avait pas menti : le concours existait vraiment. Mais là encore, aucun moyen de savoir ce qu'on gagnait.

Maintenant, j'étais curieux et assez excité à l'idée de découvrir ce que c'était.

Une console ? Un nouveau jeu ?

Vu le site, ça aurait aussi bien pu être une lampe magique.

J'ai cliqué sur le bandeau. Une autre fenêtre s'est ouverte.

Règlement

Toute histoire relatée sur ce site devra être horrifique et vraie.

Totalement, absolument et entièrement vraie, du début jusqu'à la fin.

Chaque texte devra commencer par votre nom, suivi du serment suivant : « Je jure de dire la vérité, toute la vérité, rien que la vérité. »

Je m'engage personnellement à offrir un cadeau inoubliable aux auteurs des histoires les plus extraordinaires... et les plus terrifiantes. Vous pouvez me croire, ce cadeau changera votre vie à jamais.

Mais attention, gardez à l'esprit que le mensonge est strictement interdit.

Mal vous en prendrait de l'oublier.

Votre bien dévoué,
Professeur Mephisto

Une histoire effrayante et vraie ? Sur un site qui louait les services d'un chasseur de démons et vendait des grimoires magiques ?

J'ai ricané à voix haute. C'était idiot. Comment ce Professeur Mephisto aurait-il pu prouver que je mentais ?

J'ai cliqué sur « Accepter le règlement » et j'ai tapé mon nom et mon adresse dans les cases qui précédaient l'espace vide où écrire son texte.

Peut-être que ce prétendu cadeau était aussi bidon que la plupart des choses qu'on trouve sur Internet. Mais Richard avait raison : pour le savoir, il fallait que je le gagne.

Il ne me restait donc plus qu'à écrire une histoire qui ferait *vraiment* peur.

Chapitre 1

Je m'appelle Tom.

Je jure de dire la vérité, toute la vérité, rien que la vérité.

Vous n'avez pas besoin de connaître mon nom de famille, ou l'endroit où j'habite. Ce n'est pas important. Tout ce que vous devez savoir, c'est que cette histoire est vraie.

Et que ce qui nous est arrivé pourrait bien vous arriver un jour, à vous aussi.

Tout a commencé pendant les vacances d'été.

C'était l'heure du petit déjeuner. Mon père et mon frère, Samuel, étaient attablés devant un plat de gaufres qui disparaissaient à vue d'œil.

Samuel mange toujours comme quatre. Pourtant, il est étonnamment mince. Peut-être parce qu'il passe tout son temps libre sur un terrain de foot depuis plus de huit ans.

Samuel et moi sommes si différents qu'il paraît parfois impossible que ce soit mon grand frère. On s'entend bien quand même. Enfin, autant que deux frères peuvent s'entendre, je suppose.

— 'lut, a dit Samuel.

Je me suis assis à ma place habituelle. Mon père, la bouche pleine, a levé sa fourchette en guise de salutation.

J'ai mis trois gaufres dans mon assiette avant que Samuel n'ait eu le temps de tout finir et je les ai arrosées de sirop d'érable.

— Où est maman ?

Samuel a haussé les épaules.

— Dehors, a répondu mon père. Elle discute avec la voisine.

Il s'est interrompu pour boire une gorgée de café.

— Alors, les garçons, c'est quoi le programme, aujourd'hui ?

Il m'a regardé avec insistance. Il ne posait pas vraiment la question à Samuel. Mon frère participait au stage d'été de son club de football pour préparer le match du mois prochain. Il allait s'entraîner avec son équipe pour ne rentrer qu'en fin d'après-midi. Comme tous les jours depuis le début des vacances.

Pour ma part, j'allais avoir du mal à éviter le cahier de vacances que ma mère avait rapporté la veille du supermarché. Après mon dernier bulletin scolaire, elle avait décidé que l'été était le moment idéal pour me « remettre à niveau ».

Évidemment, si « aliens et morts-vivants » avait été une matière, j'aurais été premier de la classe sans problème. Malheureusement, ça n'était pas au programme et mes professeurs ne partageaient pas mon enthousiasme pour les créatures venues d'ailleurs.

— Je vais chez Juan, ai-je dit.

Mon père a levé les sourcils.

— Qu'est-ce que je vois traîner sur la table du salon ? Ne serait-ce pas un cahier rempli de problèmes de maths qui attendent avec espoir qu'un collégien à la tête bien faite et au cœur généreux vienne les résoudre ?

Je me suis renfrogné.

— Tu ne peux pas voir la table du salon d'ici, ai-je marmonné.

— Tu as raison, a convenu mon père. Mais tu sais que tu as intérêt à t'y mettre si tu ne veux pas que l'année prochaine soit aussi catastrophique que cette année. Tu n'a pas envie de redoubler, pas vrai ?

— Papa... juste pour aujourd'hui, ai-je dit en essayant de prendre l'air suppliant.

— Ta mère ne va pas être ravie.

— Je commencerai les maths demain, juré craché !

Mon père a souri.

— Juste pour aujourd'hui, a-t-il dit. Je parlerai à ta mère.

J'ai retenu un cri de triomphe. Je devrais probablement me mettre aux fractions demain, mais chaque jour gagné sur le cahier de vacances était une victoire.

J'ai décidé de détourner l'attention de mon cas avant que mon père ne change d'avis. On ne savait jamais avec lui.

— Et toi, Sam ? ai-je demandé. Entraînement ?

Samuel a contemplé le plat de gaufres à présent vide d'un air de regret. Il a reposé sa fourchette sur son assiette.

— Ouais. Ensuite, je vais chez Aaron. Il a promis de m'aider à travailler ma frappe de volée. D'ailleurs, je peux rester dormir chez lui ?

— Ça ne dérange pas ses parents ? a demandé mon père.

— Nan, ils sont cools.

— D'accord. Appelle demain matin pour dire à quelle heure tu rentres.

— OK.

Il attrapait déjà son sac de sport quand ma mère a ouvert la porte vitrée. Elle est entrée dans la cuisine, Kuro sur les talons.

Je me suis baissé pour le caresser.

Kuro était un énorme chat noir. Quand Sam l'avait trouvé dans le jardin, l'année précédente, personne n'aurait pu soupçonner qu'il deviendrait aussi imposant. À l'époque, ce n'était qu'un minuscule chaton. Le genre à être emporté par le moindre coup de vent.

Tout le monde l'adorait. Il était en quelque sorte devenu la mascotte de notre famille. Notre chasseur de souris officiel, aussi. Je n'en avais plus vu une seule depuis qu'il s'était installé ici.

— Vous avez déjà terminé ? Et vous ne m'avez rien laissé ! s'est écriée ma mère. Enfants indignes ! Ça vaut pour toi aussi, a-t-elle ajouté en pointant un index menaçant vers mon père.

Il s'est mis à rire.

— C'est de ta faute, tu as trop traîné et les gaufres étaient trop bonnes.

Ma mère a sorti un paquet de muesli d'un placard avec un soupir exaspéré.

— Je discutais avec madame Summer. Elle ne trouve plus son chat. Ça fait trois jours qu'elle ne l'a pas vu.

Samuel s'est regardé dans la glace. Il a aplati les épis qui hérissaient ses cheveux blonds en chantonnant à mi-voix.

— C'est la mère Summer qui a perdu son chat, qui crie par la fenêtre à qui le lui rendra...

Il s'est retourné, visiblement satisfait de son apparence.

— Bon, j'y vais. À demain.

— N'oublie pas d'appeler, a encore dit mon père.

— Ouais, ouais.

Il a claqué la porte derrière lui.

Ma mère a versé du lait dans son muesli.

— Entraînement ?

— Oui. Il dort chez son nouvel ami, euh... Aaron.

— Ils ont l'air de bien s'entendre, a remarqué ma mère. Et toi, Tom ? Cahier de vacances ? Tonte de la pelouse ? Si tu manques d'activités, je peux t'aider à remplir utilement ta journée.

— Non, merci. J'aurais adoré, mais je dois aller chez Juan.

— Quoi ? Je croyais qu'on s'était mis d'accord. Tu devais travailler sérieusement pendant ces vacances !

— Laisse, est intervenu mon père. Il a droit à une dernière journée de repos. Si tu y tiens, il pourra toujours faire une leçon ou deux de quelque chose après le dîner.

— Très bien, a dit ma mère. Mais ne te crois pas tiré d'affaire, tu feras ce cahier de vacances même si je dois t'enfermer dans ta chambre jusqu'en septembre.

J'ai donné une dernière caresse à Kuro avant de battre en retraite.

Ma mère est effrayante, parfois.

— Quand même, on devrait faire plus attention avec Kuro, a-t-elle dit tandis que je sortais de la cuisine. Avec toutes ces voitures, je ne suis pas tranquille.

Je suis monté dans ma chambre avant d'avoir entendu la réponse de mon père.

À ce moment, personne n'aurait pu se douter que la disparition du chat de Mme Summer était le premier signe annonciateur des horreurs à venir.

Le signe qu'*ils* étaient déjà là.

Chapitre 2

— Encore ? s'est exclamé Juan. Dis donc, cet Aaron doit être un sacré joueur pour que ton frère le colle comme ça.

— Il ne le « colle » pas, a répliqué Sara d'un ton exaspéré. Il s'entraîne avec lui pour le prochain match, c'est tout.

J'ai haussé les épaules. Je devais reconnaître que Sam n'avait jamais passé autant de temps avec l'un de ses amis avant qu'Aaron n'arrive. Et il parlait de lui sans arrêt. D'après mon frère, Aaron était si doué qu'il deviendrait sûrement footballeur professionnel un jour.

— J'en sais rien, ai-je dit. Je ne l'ai jamais vu : ça ne fait que quelques semaines qu'il vit dans le coin.

Sara s'est levée de la meule de foin sur laquelle elle était assise. Elle a tapoté son jean du plat de la main pour le débarrasser des brins de paille qui y étaient collés.

Sara est ma cousine. On joue ensemble depuis l'époque où on portait des couches. On est amis avec Juan depuis presque aussi longtemps. Nos parents se sont rencontrés en passant des heures sur un banc du parc, à attendre qu'on se lasse du bac à sable et des toboggans.

Je crois que Juan en pince pour Sara. En fait, je jurerais qu'il a un faible pour elle depuis le début. Déjà en maternelle, il la laissait toujours avoir le premier tour sur la balançoire et le dernier cookie. Mais évidemment, il ne l'aurait pas avoué, même menacé par une armée de Martiens.

C'est vrai que Sara est aussi jolie que ces filles qu'on voit dans les séries télévisées. Et elle n'est vraiment pas du genre poule mouillée. En fait, de nous trois, c'est souvent elle qui a les idées les pires. D'ailleurs, même si elle continuait de le nier, c'était bien elle qui avait voulu l'année dernière qu'on descende dans l'ancienne carrière pour « voir ce qu'il y a au fond ». La carrière s'était effondrée sur nous. Au final, c'était moi qui avais eu la main dans le plâtre pendant six semaines.

Il n'y avait rien d'intéressant au fond de la carrière.

Sara n'est pas mal, pour une cousine. Pourtant, ce n'est pas trop mon genre de fille.

Je crois que c'est à cause du jour où elle m'a couru après avec une paire de ciseaux pour venger la poupée que j'avais décapitée. Sara est assez effrayante quand elle est en colère.

— Bon, a-t-elle dit après un silence. Qu'est-ce qu'on fait ? On ne va pas rester toute la journée dans la grange ! En plus, si l'un de tes parents nous trouve, on va encore être obligés d'aider.

Juan a acquiescé avec vigueur. Nous gardions tous un mauvais souvenir de notre dernière séance de désherbage sous l'œil attentif de sa mère.

J'ai regardé dehors par la porte ouverte. Il faisait très chaud. Tellement que la simple idée de jouer au baby-foot me donnait envie d'aller mettre la tête dans le réfrigérateur. Sans parler de ces randonnées que Sara nous obligeait à faire dès qu'on la laissait décider de nos activités. Elle était obsédée par l'idée de traverser la forêt du Nord en se repérant juste avec une boussole. Pour d'obscures raisons, nos promenades se terminaient toujours en haut d'un arbre pour essayer de retrouver notre route.

La boussole se révélait rarement d'un grand secours.

Juan s'est avachi encore davantage sur la meule sur laquelle il était assis. Il n'avait de toute évidence pas plus envie que moi d'aller escalader des talus aujourd'hui.

— J'ai apporté *Trois Grands Classiques de l'horreur,* ai-je annoncé.

— Je vote pour, a dit Sara. Le classique de l'horreur, ça me parle. Et si on pouvait les regarder en mangeant de la glace, ce serait encore mieux.

— Je crois qu'il en reste au congélateur, a dit Juan.

— Génial !

Sara s'est tournée vers la porte en répétant « de la glace, de la glace... », comme si ça allait faire apparaître un pot par magie.

Tout à coup, une forme sombre a traversé mon champ de vision.

— Ah !

Sara et moi avions dû la voir en même temps, car nos voix s'étaient élevées à l'unisson.

— Quoi ?

Juan nous a dévisagés alternativement.

Quoi ? Je n'en avais aucune idée. Quelque chose de vivant. De la taille d'un chat ou d'un petit chien. Puis plus rien.

— Un rat ? a hasardé Sara d'un ton incertain. Je crois...

— Un rat, ai-je confirmé, à demi convaincu.

C'était gros, pour un rat. D'un autre côté, j'avais perçu le mouvement plutôt que la créature elle-même. Ça aurait pu être n'importe quoi. Ou rien du tout. Il arrive qu'on soit persuadé d'avoir vu quelque chose bouger du coin de l'œil, alors qu'on est seul dans une pièce.

Quand j'étais petit, ma mère racontait que ces ombres étaient les Brownies qui traversaient la maison pour la remettre en ordre.

Mais tout le monde sait que les fées, ça n'existe pas.

Juan a fait la grimace.

— J'aime pas trop ce genre de bestioles. Allez, on va regarder un film !

— C'était peut-être un chat, a dit Sara. On n'a qu'à vérifier.

Juan a blêmi.

— Un *chat* ? C'était si gros que ça ?

Sara s'est accroupie devant le tas de paille dans lequel la forme avait disparu, prête à retourner la grange à la recherche de l'intrus.

Je l'ai rejointe avec un soupir. Quand elle avait une idée en tête, il était inutile d'essayer de l'en détourner. On aurait plus vite terminé de fouiller à nous deux.

Au bout de quelques minutes, la chaleur suffocante a eu raison de mes bonnes intentions. J'avais de la paille plein les cheveux et la poussière me donnait envie d'éternuer.

— Je ne pense pas qu'on arrivera à le retrouver. Il y a beaucoup trop de recoins. En plus, si c'est vraiment un rat, il a pu se glisser dehors sans qu'on le voie. Il est peut-être déjà parti.

— Je suis à cent pour cent avec Tom : écoute-le, a renchéri Juan, qui nous surveillait prudemment à quelques pas de là. La chasse au rat-qui-n'est-peut-être-pas-un-rat ne me dit rien du tout. Je propose qu'on laisse tomber. Qui est avec moi ?

Sara a fait la moue, les deux mains plongées dans la paille.

— J'ai de la glace à la fraise, a-t-il insisté.

Sara s'est relevée et a renvoyé ses longs cheveux blonds en arrière.

— D'accord, d'accord, a-t-elle admis à contrecœur.

Elle a plissé le nez en regardant Juan.

— Mais toi, tu n'es qu'une poule mouillée. Franchement, qu'est-ce que tu veux qu'un rat te fasse ? Tu es énorme, par rapport à lui.

— Énorme ? Moins que tu le seras bientôt, Mademoiselle Glaces et Compagnie. Avec ce que tu t'avales, dans quelques années, tu ne passeras plus la porte de la grange, a répliqué Juan.

J'ai levé les yeux au ciel et les ai suivis jusqu'à la maison. Ces deux-là se chamaillaient sans arrêt. Je crois que c'était leur façon à eux d'exprimer leur affection. Ou un truc dans ce goût-là.

J'ai jeté un coup d'œil vers la grange avant de fermer la porte derrière moi.

Rien ne bougeait.

Le rat, ou quoi que ce soit, devait être déjà loin.

Chapitre 3

Quand je suis rentré chez moi, il y avait un inconnu dans la cuisine.

Un adolescent aux cheveux bruns dont les yeux verts se sont braqués sur moi à la seconde où je me suis immobilisé sur le seuil de la pièce.

— T'es qui ?

Je me suis brusquement souvenu que Sam était chez Aaron et mes parents à leur cours de tennis hebdomadaire.

Je me suis demandé si j'allais devoir me battre.

L'adolescent a souri sans rien dire. Il ne paraissait pas beaucoup plus vieux que Sam. Seize ou dix-sept ans tout au plus.

Je me suis redressé au maximum. J'ai serré les poings et me suis avancé d'un pas décidé.

Je n'étais pas très rassuré, mais j'aurais préféré manger un plat de biscuits préparés par Sara plutôt que de le montrer.

Et elle cuisinait franchement très mal.

— Aaron, a-t-il fini par répondre.

— Hein ?

Je me suis dégonflé d'un coup. Aaron ? Comme le nouveau meilleur ami de Sam ?

Aaron s'est mis à rire.

— Tu aurais dû voir ta tête ! C'était trop drôle. Tu avais l'air prêt à m'attraper pour me jeter dehors.

Je me suis senti un peu gêné.

— Tu dois être Tom, a-t-il repris. Sam parle de toi sans arrêt.

— C'est vrai ?

J'avais du mal à le croire. Pourquoi Sam parlerait-il de son petit frère avec ses copains ?

J'espérais qu'il ne leur avait rien raconté d'embarrassant. Par exemple, la fois où je me suis assommé contre une porte vitrée en jouant à Superman. Ma mère prétend que j'ai failli mourir étranglé par la serviette de bain que j'avais attachée autour de mon cou pour faire la cape. Mais je suis sûr qu'elle exagère.

— Tout ce qu'il y a de plus vrai, a confirmé Aaron.

— Où il est ?

— Sam ? Il est en haut en train de faire son sac. Je suis juste descendu boire un Coca.

Aaron a désigné du menton le verre encore à moitié plein posé près de lui. Je l'ai examiné plus attentivement. Il portait un jean et un tee-shirt à manches longues. Je me suis dit qu'il devait mourir de chaud.

— Tiens, d'ailleurs le voilà, a-t-il annoncé.

Je me suis retourné vers l'escalier. Je n'avais pas entendu de pas. Pourtant, Sam est en effet apparu quelques secondes plus tard, un sac à dos sur l'épaule. Il s'est arrêté sur la dernière marche en me voyant.

— Ah, tu es rentré. J'avais oublié mes affaires, alors je suis repassé prendre...

Il s'est interrompu en fronçant les sourcils. Son regard fixait quelque chose que je ne distinguais pas depuis la cuisine.

— Kuro ? Qu'est-ce que t'as ?

Il a laissé son sac à dos glisser à terre.

Je l'ai rejoint, Aaron sur mes talons, pour voir ce qui se passait.

Le chat était ramassé sur lui-même près de la porte d'entrée, le poil hérissé. Il s'est mis à cracher quand je me suis approché.

— Qu'est-ce qui lui arrive ? a demandé Aaron. On dirait qu'il a la trouille.

— Je sais pas, a répondu Sam.

Il s'est approché de Kuro. Puis il s'est accroupi et a tendu la main vers lui. Le chat a reculé d'un bond. Il a couru se cacher sous le buffet du salon.

— C'est bizarre, ai-je dit. D'habitude il adore qu'on le caresse.

Sam s'est relevé, perplexe. Kuro nous regardait depuis sa cachette. Ses yeux luisaient dans l'ombre et il crachait toujours par intermittence, comme pour faire fuir un intrus.

— Peut-être que c'est à cause d'Aaron ? ai-je suggéré. Il n'aime pas trop les gens qu'il ne connaît pas.

— Peut-être, a dit Sam. Laisse. Il finira par se calmer.

Il a ramassé son sac.

— On y va. Je suis juste passé prendre deux trois trucs.

J'étais sûr qu'il s'agissait de jeux. Sam n'était pas du genre à revenir parce qu'il avait oublié sa brosse à dents.

Il est allé avaler plusieurs gorgées de jus de pomme à même le carton dans la cuisine. Il l'a replacé dans le réfrigérateur pendant qu'Aaron terminait son verre.

J'ai mentalement pris note de ne plus jamais boire de jus de fruit dans cette maison.

— Bon, salut Tom Pouce.

— À demain, ai-je répondu.

Sam adorait me donner des surnoms laissant entendre que j'étais atteint de nanisme. Sans doute parce que ça m'énervait du temps où j'étais réellement petit. À présent, j'y étais habitué, ça ne me dérangeait plus.

Aaron m'a souri et a incliné la tête.

— À la prochaine, Tom.

Ils ont tous les deux franchi la porte d'entrée, me laissant seul dans la maison.

Mis à part Kuro, bien sûr. Il était toujours tapi sous le buffet, comme si un ennemi invisible menaçait de couper la moindre patte qui dépasserait du meuble.

J'ai attrapé une poignée de croquettes, et j'ai essayé de le faire sortir de sa cachette.

Sans succès.

Après une dizaine de minutes passées à quatre pattes, j'ai commencé à avoir mal aux genoux. Je me suis relevé pour aller dans ma chambre. Tom avait raison : le chat sortirait de lui-même quand il se serait lassé de ce petit jeu.

Kuro a soudain poussé un miaulement terrible. Un miaulement tel que je n'en avais jamais entendu.

La pupille de ses yeux s'est dilatée au point qu'on ne voyait presque plus le jaune de l'iris, et ses poils hérissés le faisaient paraître deux fois plus gros que de coutume.

J'ai regardé derrière moi. Le salon était désert.

Il devait pourtant y avoir une raison à son comportement. Ce n'était pas le genre de Kuro d'être aussi froussard.

Je l'ai caressé encore un peu pour le calmer avant de quitter le salon.

Tout ce temps passé par terre m'avait donné faim, alors je suis allé me préparer un sandwich pour le monter dans ma chambre. J'ai pensé que Kuro oublierait peut-être ses angoisses en sentant l'odeur de la nourriture. D'ordinaire, il suffisait d'ouvrir un placard pour le voir accourir dans la cuisine. Mais cette fois-ci, il n'est pas venu.

Au moment où j'ai refermé la porte du réfrigérateur, un grand bruit m'a fait sursauter.

Ça venait de la cave.

Mon père l'avait aménagée pour qu'on y range les provisions. Je n'aimais pas trop y descendre. L'escalier en bois grinçait, et on avait sans cesse l'impression qu'il allait céder sous nos pas.

Le bruit a recommencé. C'était une sorte de chuintement.

— Sam ? ai-je appelé.

C'était stupide. J'avais vu Sam partir avec Aaron quelques minutes auparavant.

Je me suis approché de la porte. Je l'ai ouverte et j'ai appuyé sur l'interrupteur. Celui-ci commandait l'unique ampoule qui pendait au bout d'un fil au milieu du plafond.

Le bruit s'est arrêté.

Je me suis penché, mais je ne pouvais pas voir toute la pièce de là où je me trouvais. Mon père y avait installé des rangées d'étagères sur lesquelles s'entassaient les provisions, les outils de bricolage, et même quelques vieux livres.

— Y a quelqu'un ?

J'ai attendu un instant. Personne ne m'a répondu. Évidemment, puisqu'il n'y avait personne. J'avais dû rêver.

J'ai posé la main sur la rampe et je suis descendu avec précaution, écoutant les marches gémir sous mon poids. Il m'a semblé entendre de nouveau quelque chose, mais c'était noyé par le son de mes propres pas.

Une fois en bas, j'ai fait le tour des étagères. Il y en avait trois, disposées parallèlement les unes aux autres au centre de la pièce.

J'ai baissé les yeux. Au pied de la deuxième étagère, qui servait de garde-manger, il y avait un petit tas de poudre blanche. J'ai trempé mes doigts dedans et je les ai portés à mon nez pour les sentir avec précaution.

C'était de la farine. On aurait dit qu'un paquet avait été éventré à cet endroit.

Sauf qu'il n'y avait pas de paquet. Seulement une traînée de poudre blanche qui allait du tas jusqu'au mur du fond.

La farine était couverte d'empreintes. Pas de petites empreintes comme celles des souris dont tante Marlène avait essayé de repérer le trajet en déposant de la farine sur le sol de sa salle de bains. Non. De grosses empreintes.

Je me suis penché. Je distinguais parfois quatre doigts, parfois cinq, mais j'ignorais si c'était parce que les traces n'étaient pas très nettes ou si la créature avait un nombre de doigts différent suivant ses pattes.

J'ai avancé jusqu'au mur. J'ai fait attention à ne pas marcher sur la farine pour ne pas abîmer les empreintes. Il y avait une fissure qui s'élargissait à partir d'un trou à la base de l'une des pierres. Là où la piste disparaissait.

Soudain, j'ai entendu un bruit de porte au-dessus de ma tête, puis la voix de mes parents. Le claquement de leurs chaussures sur le sol résonnait étrangement dans la cave.

J'ai remonté l'escalier à toute allure et je me suis précipité dans l'entrée.

— Tom, tu es déjà rentré ? s'est étonnée ma mère.

Elle a rangé les raquettes de tennis, avant d'accrocher son manteau dans le placard.

— Quelque chose ne va pas ? a demandé mon père.

Je me suis aperçu que j'étais essoufflé, comme si j'avais couru sur une longue distance.

— Dans la cave. J'ai entendu du bruit. Je crois qu'un paquet de farine est tombé. Mais quand je suis descendu, il n'était plus là.

— Quoi ? Attends. Répète ça un peu plus lentement, a dit mon père.

J'ai expliqué ce que j'avais vu.

— De la farine ? a répété ma mère. Les provisions « disparaissent » souvent, en ce moment, mais je ne pense pas que ton frère soit affamé au point d'engloutir un paquet de farine.

— Sam ? Non ! Il y avait une traînée de farine et des traces de pattes. Je crois qu'un gros animal l'a poussé jusqu'au mur.

Ma mère semblait inquiète. Je n'arrivais pas à déterminer si c'était à cause de la bête qui volait des paquets de farine ou de mon état de santé mentale.

Je devais avouer que ça n'était pas très crédible. Quel animal serait capable de traîner un kilo de farine ? Et comment aurait-il fait passer le paquet par la fissure dans le mur ?

— Allons voir, a dit mon père.

Nous sommes descendus tous les trois dans la cave. J'ai désigné l'étagère et j'ai baissé les yeux.

La farine avait disparu.

— Euh... C'est un genre de blague de jeune que je suis trop vieille pour comprendre ? a interrogé ma mère.

— Non. C'était là !

— Bien sûr, a-t-elle dit. La farine est donc partie dans le mur. D'accord. Si tu as un tuyau sur l'endroit où ont disparu tous les aliments qui contenaient de la viande ou du fromage, je suis preneuse aussi.

Mon père a fait une grimace horrifiée.

— Quoi ? Tous ?

— La viande, les restes et aussi les gâteaux apéritifs. On m'avait prévenue qu'élever des adolescents, c'était comme d'avoir un trou noir dans sa cuisine, mais ces derniers temps c'est devenu intenable. Si la nourriture coûtait moins cher, je serais presque impressionnée.

— Je raconte pas d'histoires, je vous jure ! ai-je insisté. Il y avait de la farine jusqu'au mur et on voyait des empreintes !

Mon père a soupiré.

— Tu as dû mal voir. J'ai toujours dit qu'il fallait remplacer cette maudite ampoule par une vraie lampe. Un jour, quelqu'un va se rompre le cou en ratant une marche.

— Oh, tu ne vas pas recommencer avec ça ! a dit ma mère. Si tu veux une *vraie* lampe, tu n'as qu'à aller en chercher une toi-même. Et l'installer, pendant qu'on y est. Bon, je peux remonter, maintenant que le monstre mangeur de farine est parti ?

— Mais...

— Ça suffit, Tom, a dit mon père. Je ne suis pas en vacances, moi ! J'aimerais pouvoir profiter de mon dimanche, si tu permets.

J'ai ouvert la bouche pour protester.

— Je te promets de redescendre dès que tu verras le moindre monstre. Pour le moment, ce match m'a épuisé. Je vais prendre une douche.

Ce n'était clairement pas la peine d'insister.

Mes parents sont remontés dans la cuisine. J'ai avancé jusqu'au mur et j'ai scruté le sol.

Là, juste devant moi, j'aurais juré que de la poudre blanche s'était mêlée à la poussière grisâtre qui tombait continuellement des pierres du mur.

J'ai failli appeler mes parents. Mais pour quoi faire ? Leur montrer un peu de poudre claire ? Je n'étais même pas sûr qu'il s'agissait de farine.

J'ai remonté l'escalier. Au milieu des marches, j'ai entendu du bruit derrière moi. Je me suis figé. Ça ressemblait à des pattes sur le sol. De petites pattes griffues courant dans ma direction.

Clicclicclicclicclic...

Effrayé, j'ai regardé par-dessus mon épaule.

J'ai cru voir une ombre disparaître entre deux étagères. J'ai cligné des paupières. Dans la cave, tout était de nouveau immobile et silencieux. J'ai remonté les marches deux par deux et j'ai refermé la porte derrière moi.

Je n'étais plus certain d'avoir envie de voir ce qui avait été assez intelligent et rapide pour faire disparaître ses traces en moins de cinq minutes.

La créature qui laissait d'aussi grosses empreintes.

Le lendemain matin, Kuro avait disparu.

Chapitre 4

— Des nouvelles de Kuro ? m'a demandé Juan.

— Non.

J'ai consulté ma montre. Juan et moi attendions à l'angle de la rue des Prés depuis presque dix minutes. Aussi étonnant que ce soit, c'était à présent officiel : Sara était en retard. C'était la première fois que Juan était là avant elle. Normalement, c'était toujours elle qui nous attendait, les bras croisés et tapant du pied avec impatience.

J'espérais qu'il ne lui était rien arrivé.

Les yeux plissés, Juan s'est approché du mur contre lequel je m'étais adossé. Je me suis tourné pour voir de quoi il s'agissait. La photographie en noir et blanc d'un chat tigré surmontait une promesse de récompense pour qui retrouverait « Minette ».

Je voyais ce genre d'affichettes partout en ce moment. Je pensais en placarder pour Kuro aussi.

Qu'il s'éclipse un jour ou deux n'avait rien d'inquiétant, mais cela faisait près d'une semaine qu'il avait disparu. Je commençais à m'en faire sérieusement.

Juan a tapoté son menton de l'index.

— Y en a beaucoup, non ? Je veux dire, c'est normal qu'il y ait des chats perdus. Mais depuis le début des vacances, on dirait que les chats du coin se volatilisent les uns après les autres. Presque comme si...

— Comme si quelqu'un s'était mis en tête de s'en débarrasser, ai-je complété.

— J'allais dire : « comme si Alf était revenu », mais en gros c'était l'idée.

J'ai levé les yeux au ciel. Il n'y avait que Juan pour regarder encore de vieilles séries sur un alien mangeur de chats.

— Pourquoi quelqu'un s'attaquerait à des *chats* ? ai-je demandé.

— Tiens, mademoiselle Parfaite arrive, a remarqué Juan.

Sara s'approchait en effet à pas rapides. Elle avait le visage un peu rouge et des mèches de ses cheveux partaient dans tous les sens.

— Incroyable, tu es en retard ! s'est exclamé Juan. C'est la fin du monde ?

Sara a pincé les lèvres et redressé le menton.

— Tu ne vas quand même pas en faire un plat ! Tu es tout le temps en retard ! Tu te souviens de la dernière fois qu'on est allés au cinéma ? On a raté la séance à cause de toi !

— Ça va, ça va, t'énerve pas ! Je remarquais, c'est tout.

J'ai décidé d'intervenir avant que la discussion ne s'envenime. Les disputes entre Juan et Sara pouvaient durer des heures, si personne ne changeait de sujet.

— On devrait y aller. Si on attend trop, il va y avoir plein de monde.

— Allons-y, a approuvé Sara.

Juan et moi avons échangé un regard avant de lui emboîter le pas en direction du centre commercial.

C'était l'anniversaire de la petite sœur de Juan le lendemain et il devait lui trouver un cadeau. Il nous avait suppliés de l'aider. Apparemment, chaque fois qu'il avait essayé de choisir lui-même, ça avait été un désastre.

Je n'étais pas vraiment étonné.

Au rez-de-chaussée du centre commercial, nous nous sommes arrêtés devant un panneau qui détaillait les rayons par étage. Sara s'est tournée vers nous :

— Bon. Elle va avoir dix ans, c'est ça ?

— C'est ça, a répondu Juan. Mais ne me demande pas ce qu'elle aime : je n'ai plus d'idée. L'année dernière, je me suis creusé la cervelle, et c'est limite si elle n'a pas balancé mon cadeau à la poubelle.

Alors que ça m'avait coûté deux mois d'argent de poche. Deux mois !

Je me suis gardé de tout commentaire. Maria n'avait pas à proprement parler « balancé » le cadeau. D'après ce que la mère de Juan avait dit à la mienne quand elle avait vanté le sens des affaires précoce de sa fille, elle l'avait revendu sur Internet.

Je n'avais pas le cœur de l'apprendre à son frère.

Sara a levé un sourcil.

— C'était quoi ?

— La figurine du Soldat Ultime. Avec tous ses accessoires.

Sara a fait mine de se taper la tête contre le mur.

— Sérieusement ?

Juan s'est renfrogné.

— Ben quoi ? J'aurais été super content si on m'avait offert ça à son âge !

— Oui, ça aurait été parfait. Pour *toi.* Quand tu offres quelque chose à quelqu'un, tu es supposé chercher ce qui *lui* fera plaisir. Pas ce qui te plairait à toi.

Elle m'a lancé un coup d'œil appuyé. Comme si j'étais censé marquer mon approbation ou un truc dans le genre. J'ai esquissé un vague signe de tête.

Je n'étais pas en position de critiquer Juan : trouver un cadeau pour ma mère était un tel cauchemar que je finissais systématiquement par acheter un cadre photo.

Je n'étais pas certain qu'il y ait la place d'en faire tenir un de plus sur la cheminée du salon. J'ai pensé que je devrais peut-être moi aussi demander son aide à Sara la prochaine fois.

— Allons au troisième étage, a finalement décidé Sara.

— C'est comme tu le sens, a dit Juan.

Sur l'escalator, j'ai observé Sara du coin de l'œil. Elle semblait préoccupée. Et, quoi qu'elle dise, le fait qu'elle ait été en retard était le signe qu'un truc clochait. Sara n'était *jamais* en retard.

À la seconde où nous sommes arrivés à l'étage, elle s'est mise à fouiller parmi les vêtements accrochés aux portants. Juan et moi l'observions les bras ballants.

Je m'en faisais sûrement pour rien, après tout. Là, elle avait l'air normale. Enfin, pour une pro du shopping, sans doute.

Elle a sorti deux jupes qui me paraissaient identiques, les a bien observées l'une et l'autre, puis elle en a reposé une pour en prendre une troisième.

— Alors ? a-t-elle demandé, tout en continuant de fouiller dans les vêtements. De quoi est-ce que vous parliez quand je suis arrivée ?

— De chats, ai-je répondu. Tu ne trouves pas qu'il y en a beaucoup qui disparaissent, en ce moment ?

Elle s'est rembrunie.

— Kuro n'est toujours pas rentré ? Comment Sam le prend ?

La question m'a pris de court. Comment Sam réagissait-il ? Il était logique de le demander. C'était son chat. C'était lui qui l'avait trouvé. Cependant, il était si peu souvent à la maison ces derniers jours que je ne savais pas quoi répondre. Il passait ses après-midi au club, à s'entraîner, puis il allait chez Aaron jusqu'à l'heure du dîner. Quand il n'y restait pas pour la nuit.

— Pas trop mal, je pense. Il est obsédé par son prochain match. Je ne le vois presque pas.

— Ah bon.

Sara a semblé surprise. Avant l'arrivée d'Aaron, Sam était souvent à la maison. Bien sûr, il sortait avec ses copains et il allait à l'entraînement, mais il manquait rarement un repas en famille.

— Ah, ah ! s'est soudain exclamée Sara.

Elle a brandi à bout de bras une jupe écossaise décorée d'une fine chaîne argentée.

— Quoi ? Ça ? a demandé Juan.

— Oui, *ça*, a dit Sara. C'est parfait, elle va adorer. Ça devrait être à sa taille, non ?

— Qu'est-ce que j'en sais ? Je ne m'amuse pas à la mesurer pendant mon temps libre !

— En plus, ce n'est vraiment pas cher, s'est extasiée Sara. Tu devrais me remercier à genoux : pour une fois, tu ne seras pas le frère le plus pathétique du monde.

Juan a regardé le prix. Il n'avait pas l'air débordant de reconnaissance. Il a quand même pris la jupe, tenant le cintre du bout des doigts comme s'il s'attendait à se faire mordre.

Nous sommes descendus payer à la caisse. En faisant la queue, j'ai regardé le panneau des petites annonces.

Il était couvert de photos de chats suivies de numéros de téléphone et de promesses de récompense. Avant de voir toutes ces affichettes, je n'avais jamais réalisé à quel point les chats étaient nombreux dans notre ville.

Qu'est-ce qui avait bien pu en faire disparaître autant en même temps ?

Je me suis tourné vers Sara pour lui faire part de mes réflexions. Mais elle fixait le sol d'un œil vague, plongée dans ses pensées.

— Ça va ?

Elle a relevé la tête en clignant des paupières.

— Oui. Non, a-t-elle ajouté après un silence. Je t'en parlerai plus tard, d'accord ?

— D'accord.

J'espérais que ce n'était rien de grave. Néanmoins, je ne voulais pas l'obliger à en parler si elle n'en avait pas envie. De toute façon, j'en aurais été incapable : Sara est plus têtue qu'une mule.

Juan a payé le cadeau de sa sœur. Ensuite, nous sommes allés manger des frites et boire des milk-shakes au fast-food du centre commercial.

Je ne suis rentré chez moi qu'à l'heure du dîner. Ça ne posait pas de problème puisque j'avais déjà fait mes devoirs de vacances le matin. Ma mère ne me laissait plus sortir avant d'avoir corrigé mes réponses du jour à l'aide du fascicule qu'elle avait arraché du cahier et caché dans sa chambre, faisant preuve d'un manque de confiance à mon égard qui n'était pas sans fondement.

Sara ne m'avait toujours pas dit ce qui n'allait pas.

En entrant dans le jardin, j'ai cru voir une forme sombre se faufiler dans les massifs d'hortensias. J'ai pensé que c'était Kuro. Je me suis approché, mais je n'ai rien trouvé.

En ce moment, je voyais des choses bouger tout le temps. Partout. Ça devait être le fruit de mon imagination, parce que quand j'y regardais de plus près, il n'y avait jamais rien à voir.

Un peu mal à l'aise, je suis rentré à la maison.

Sam était chez Aaron.

Encore.

Chapitre 5

Quand j'ai ouvert les yeux, mon réveil indiquait 2 h 24.

Me demandant ce qui m'avait réveillé, je me suis assis dans mon lit et j'ai attendu, l'oreille aux aguets. Le silence le plus total régnait dans l'obscurité.

Je me suis laissé retomber sur le matelas. J'ai ramené les couvertures jusqu'à mon menton et j'ai fermé les yeux.

J'étais sur le point de me rendormir quand je l'ai entendu.

Ce n'était qu'un tout petit bruit. Un léger grattement.

Pourtant, il était bien là.

Je me suis de nouveau assis et j'ai allumé ma lampe de chevet.

Qu'est-ce que c'était ? À cette heure-ci, mes parents dormaient. Je n'avais vu Sam qu'une fraction de seconde, quand il était rentré. Il était monté directement dans sa chambre en criant qu'il avait déjà dîné et qu'il allait se coucher.

Il ne restait que moi et le grattement.

Crr crr crr crr crr

J'ai jeté un coup d'œil circulaire à ma chambre. Je n'arrivais pas à déterminer clairement d'où venait le bruit. J'aurais juré que c'était là, tout près...

Crr crr crr crr crr

Soudain, j'ai entendu la chasse d'eau. Quelqu'un d'autre était réveillé. Soulagé, j'ai passé les jambes par-dessus le bord de mon lit. Je me suis levé, titubant un peu dans mon brouillard ensommeillé.

Le grattement s'est arrêté.

Je suis sorti de ma chambre et je me suis dirigé vers la salle de bains en bâillant. C'était fermé, mais la lumière filtrait tout autour de la porte. J'ai frappé plusieurs coups sur le battant avant d'appuyer sur la poignée.

Sam se tenait devant le lavabo. Il examinait son avant-bras droit avec attention.

— Qu'est-ce que tu fais ?

Il m'a jeté un coup d'œil absent avant de retourner à la contemplation de son bras.

Il y avait du sang sur le lavabo.

Je me suis approché, maintenant parfaitement réveillé.

— Tu saignes ?

Sam a laissé retomber son bras.

— Ouais. Je me suis ramassé en m'entraînant et je me suis payé un roncier, a-t-il dit. Mes bras ont l'air d'avoir été passés à la râpe à fromage.

Il n'exagérait pas. Ses avant-bras étaient couverts de griffures. Certaines saignaient encore un peu.

J'ai grimacé.

— Tu as mis un truc dessus ?

— C'est ce que j'étais en train de faire.

— Pourquoi t'as pas fait ça avant ? Tu es rentré il y a des heures.

— Je n'avais pas le courage. J'étais trop crevé, alors je suis allé me coucher tout de suite.

Il a levé le bras pour appliquer l'antiseptique.

— Quand je me suis réveillé, mes bras me faisaient un mal de chien. J'ai pensé qu'il valait mieux m'en occuper avant que ça ne devienne vraiment moche.

La manche de son tee-shirt s'est relevée, laissant voir la croûte d'une plaie encore plus impressionnante au-dessus de son coude. Elle avait une forme bizarre, une sorte de demi-cercle tordu.

— Ouah ! Il avait aussi des dents, ce buisson ? me suis-je exclamé.

Le ricanement de Sam s'est étouffé quand il a posé le coton sur sa blessure. Elle ne saignait pas, mais la chair était gonflée. Ça ressemblait à ce que je m'étais fait quand j'étais tombé dans la cour de l'école en maternelle. Mon genou avait doublé de volume. Ma mère m'avait emmené chez le médecin et j'avais dû prendre des antibiotiques répugnants pendant deux semaines.

— La vache, ça fait mal ! a sifflé Sam.

Il a jeté le coton et rangé la bouteille d'antiseptique dans l'armoire à pharmacie.

— Et toi, qu'est-ce que tu fais debout à cette heure-ci ?

— Oh.

J'avais presque oublié la raison pour laquelle je m'étais levé.

— Il y avait un bruit dans ma chambre.

— Dans ta chambre ? Quel genre de bruit ?

— Un grattement. On aurait dit un truc vivant.

J'ai ébouriffé mes cheveux. D'un coup, ça paraissait un peu idiot de m'être levé. C'était sans doute le bois de la maison qui craquait, le vent dans les arbres ou quelque chose d'aussi insignifiant.

— Je ne suis même pas sûr que c'était dans ma chambre. Des fois, j'ai l'impression que les oiseaux qui marchent sur le toit sont sous mon lit. Alors ça pouvait venir de dehors.

— Ça devait être un oiseau. Ou une souris, a suggéré Sam.

Le coin de ses lèvres s'est relevé dans un sourire moqueur. Je n'avais pas franchement peur des rongeurs. Pas comme Juan, qui faisait des mimiques dégoûtées dès qu'il en apercevait dans les cages en verre de l'animalerie du centre commercial. Ce qui était plutôt ironique, pour quelqu'un qui vivait dans une ferme.

Mais je ne les adorais pas non plus.

Surtout s'ils étaient dans ma chambre et que la lumière était éteinte.

— Tu crois que c'est une souris ?

— Bah, il y en a toujours dans le coin, a dit Sam. D'habitude, elles se font plus discrètes, c'est tout.

Il s'est étiré et nous sommes sortis de la salle de bains.

— T'inquiète pas, elles sont pas méchantes. Fais juste gaffe à ne rien laisser dépasser de la couverture. Je connais un type qui s'était fait arracher un bout d'oreille par une souris pendant qu'il dormait. Ça n'a jamais complètement repoussé.

— Tu te fiches de moi ?

— Non, non. Je t'assure. Il a un trou juste là.

Il a attrapé le côté de son oreille entre son pouce et son index pour illustrer son propos.

Je me suis renfrogné.

— Merci, c'est sympa de m'aider à me détendre avant de me coucher.

Sam s'est mis à rire.

— Viens, on va se prendre un verre de lait. Tu dormiras mieux après.

Je l'ai suivi jusqu'à la cuisine en traînant les pieds pour la forme. À présent, j'étais trop réveillé pour avoir envie de retourner au lit.

Sam a posé son verre sur le comptoir, avant d'y grimper pour s'asseoir, laissant ses jambes pendre dans le vide. J'ai sorti mon verre de lait tiède du micro-ondes et j'ai pris une chaise.

J'ai discrètement observé les avant-bras de Sam pendant qu'il buvait. Il avait dit qu'il était tombé dans un buisson. Mais où ? Il n'y avait pas de buisson sur le terrain de foot, ou alors c'était beaucoup plus mal entretenu que dans mon souvenir. Il devait s'être fait ça chez Aaron.

— Tu as fait quoi, aujourd'hui ? m'a interrogé Sam. Tu as encore traîné avec Juan et Sara toute la journée ?

Je n'aimais pas la façon dont il avait posé la question. Il n'allait pas lui aussi me persécuter avec ce maudit cahier de vacances !

— On est allés au centre commercial. Juan avait besoin d'un truc pour sa sœur.

J'ai cherché quoi dire d'autre. Sur le moment, ma journée m'avait semblé bien remplie.

— On a fait des affiches pour Kuro. On ira les mettre dans le quartier demain. D'ailleurs, c'est dingue le nombre de chats perdus en ce moment : il y a des affichettes partout dans le coin.

Sam a cligné des paupières.

— Ah oui, Kuro, a-t-il dit après quelques secondes.

Pendant un instant, j'aurais juré qu'il avait oublié que notre chat avait disparu.

Il était tard et Sam avait l'air épuisé, mais il adorait Kuro. Du moins, c'était ce que je croyais. Pourtant, il ne s'inquiétait visiblement pas du tout pour lui.

— Je vois. Dis, pourquoi tu n'essayerais pas de faire un peu d'autres trucs ?

— D'autres trucs ? Comme quoi ? ai-je demandé.

D'un coup, un bruit de verre brisé a retenti, nous faisant sursauter tous les deux.

Je me suis levé.

— Qu'est-ce que c'était ?

Ça venait de la cave.

J'ai repensé au paquet de farine. Et à ce qui l'avait traîné jusqu'au mur avant d'effacer ses traces.

— Va savoir, a dit Sam. Sûrement un truc mal rangé s'est cassé la figure.

J'ai cherché des yeux la torche électrique qu'on gardait sur le réfrigérateur en prévision d'éventuelles pannes d'électricité. Malgré l'ampoule, la cave demeurait sombre.

— On devrait aller voir.

— Pour quoi faire ? a dit Sam, comme si c'était une idée idiote.

Je détestais quand il me parlait de cette façon. J'avais douze ans, je n'étais plus un gamin.

— Pour voir ce que c'est.

— Non, a dit Sam. Il fait noir là-dedans. À tous les coups, on va marcher sur un morceau de verre et finir à l'hôpital.

Je me suis dirigé vers la cave. Sam a posé son verre avec un claquement sec. Il s'est levé à son tour.

— Laisse tomber !

— Quoi, t'as peur ? ai-je demandé.

— Bien sûr que non, sois pas débile.

L'espace d'une seconde, l'expression de son visage a changé. Il semblait effrayé. Ou en colère. L'instant d'après, l'expression avait disparu. Ou peut-être qu'elle n'avait jamais été là. Elle avait été si fugitive...

— C'est dangereux de descendre sans lumière, surtout que l'escalier n'est pas très solide, a-t-il dit. Et qu'est-ce que tu penses trouver en bas, à part un bocal cassé ? Tu te sens de nettoyer maintenant ?

J'ai laissé retomber la main que je tendais déjà vers la poignée de porte. Sam avait raison. Qu'est-ce que j'irais faire en bas ?

— Ça va, j'ai compris, ai-je capitulé. T'énerve pas.

Je suis allé finir le verre de lait que j'avais abandonné sur la table. Sam m'a observé avec attention, comme pour s'assurer que je n'allais pas changer d'avis. Après quelques secondes, il est retourné s'asseoir sur la paillasse.

— Qu'est-ce que tu dirais de venir au foot ? a-t-il demandé tout d'un coup.

— Avec toi ?

Je l'ai dévisagé avec incrédulité. C'était bien la première fois qu'il me proposait de faire du sport avec lui.

— Ça t'est venu là, comme ça ?

— Ce serait sympa de jouer ensemble.

J'avais fait du basket. De la natation. Du tennis, aussi. Je n'étais pas mauvais. Au début, j'étais toujours enthousiaste. Seulement, au bout d'un moment, j'en avais assez d'être obligé d'aller à l'entraînement, qu'il pleuve, qu'il vente, ou que Juan vienne de me prêter un nouveau jeu vidéo.

Je n'avais jamais pensé au football. C'était l'activité de Sam. Il avait généralement horreur que je fasse la même chose que lui.

J'ai essayé d'imaginer comment ça pourrait être. D'être dans son équipe. De se passer le ballon en portant un maillot aux couleurs du club.

Je n'ai pas réussi.

— Penses-y, d'accord ? a-t-il dit.

— D'accord.

On a tous les deux posé nos verres vides dans l'évier et on est remontés à l'étage.

Quelque chose a bougé dans l'ombre.

— Ah !

— Quoi ? a chuchoté Sam. Ne parle pas si fort, tu vas réveiller les parents !

— Là ! Tu n'as rien vu ?

— Non, rien. Que veux-tu qu'il y ait dans le couloir ?

Pourtant, nous regardions dans la même direction au moment où j'avais perçu le mouvement.

Sam m'a tapoté l'épaule.

— Ça doit être la fatigue. C'est pas une heure pour les nabots.

J'ai levé les yeux au ciel, simulant l'exaspération, et je suis allé me coucher.

Je me suis glissé sous les couvertures. Ma chambre était silencieuse. J'ai roulé sur le côté et j'ai mentalement récité les tables de multiplication. Je suis arrivé au bout de la table de 9 sans avoir pu m'endormir.

Une demi-heure plus tard, j'ai entendu Sam retourner en bas. Je savais que c'était lui parce qu'il était le seul à descendre les marches deux par deux.

Peut-être qu'il y avait réellement une souris et que c'était elle que j'avais vue se faufiler vers la chambre de Sam. Il avait dû se relever à cause du bruit.

Si c'était le cas, c'était bien fait pour lui.

J'ai enfin senti le sommeil venir. J'ai entendu Sam remonter dans sa chambre. J'ai eu l'impression qu'il avait passé un long moment en bas, mais j'étais trop fatigué pour ouvrir les yeux et vérifier l'heure.

Je ne savais pas très bien quoi, mais quelque chose ne tournait pas rond chez mon frère. Les égratignures qu'il portait aux bras et sa soudaine envie de me voir rejoindre l'équipe étaient bizarres.

Pourtant, à ce moment-là, je n'avais aucune idée d'à quel point ce qui lui arrivait était grave.

Chapitre 6

Le lendemain matin, un survêtement à manches longues dissimulait les bras de Sam. De gros cernes violacés s'étalaient sous ses yeux. Il avait l'air épuisé.

— Je crois qu'on a une souris dans la maison, ai-je dit entre deux cuillerées de porridge.

Mon père a regardé sa montre. Mes parents étaient en retard pour aller ouvrir la boutique. Comme presque tous les matins. Cela n'avait pas tellement d'importance : ils étaient leurs propres patrons. Ils achetaient de vieux meubles d'un peu partout et les remettaient en état avant de les revendre.

— Une souris ?

— Tom pense qu'il y en avait une dans sa chambre, hier soir, a expliqué Sam.

— J'ai entendu un grattement.

— Où est Kuro quand on a besoin de lui ? s'est plainte ma mère. Il aurait réglé ce problème en moins de temps qu'il n'en faut pour dire « souricide ».

Pendant un instant, on n'a plus entendu que les bruits de vaisselle. Personne n'avait envie d'y penser. Pourtant, plus les jours passaient, plus il devenait probable que notre malheureux chat ait été victime de l'une des voitures qui remontaient la nationale 103 à toute allure.

— Ça m'embête de vous laisser seuls s'il y a des souris, a-t-elle ajouté.

— Ce sont de grands garçons, ils peuvent survivre vingt-quatre heures sans nous, même avec une ou deux souris, a dit mon père. Pas vrai, les garçons ?

— Seuls ? ai-je répété.

— Ils n'ont pas écouté, a dit ma mère. Tu vois, ils n'ont pas écouté ! Encore une fois.

— Il y a une vente aux enchères à Karach demain, a expliqué mon père. C'est à plus de quatre heures en voiture et ça risque de se terminer tard, alors nous y passons la nuit. Ça vous rappelle quelque chose ? La conversation que nous avons eue à ce sujet jeudi dernier, par exemple ?

— Vaguement, a dit Sam. Je crois avoir entendu parler de meubles, et là j'ai arrêté d'écouter.

J'ai ricané et ma mère m'a envoyé un torchon à la figure.

— Eh ! Moi j'ai rien dit !

Sam s'est levé.

— Bon, je vais à l'entraînement.

Je l'ai examiné d'un œil critique. Il n'avait pas bonne mine. Il aurait mieux fait de se reposer. Surtout vu l'état de ses bras.

— T'es sûr ?

— Ouais. T'en fais pas, ça va.

— Qu'est-ce qui va ? est intervenue ma mère.

Visiblement, mes parents n'étaient pas au courant de l'épisode de la chute dans les buissons. Sam devait vouloir éviter d'avoir notre mère sur le dos. Elle avait tendance à paniquer quand l'un d'entre nous se blessait : lui montrer du sang, c'était visite aux urgences et humiliation garanties.

— J'ai dû tenir la main de Tom toute la nuit pour qu'il réussisse à s'endormir. Il avait la trouille de se faire attaquer par Mickey Mouse, a-t-il dit. Du coup, je suis crevé. Mais ça va, je me rattraperai ce soir.

Mon père s'est levé à son tour. Il a pris son portefeuille dans la poche de son manteau.

— Attends, je vais te donner de quoi acheter du lait en rentrant : il n'y en a presque plus. Tiens ?

Mon père a sorti tous les papiers qui étaient fourrés dans son portefeuille. Il a froncé les sourcils.

— Qu'est-ce qu'il y a ? a demandé ma mère.

— J'avais trois billets de vingt. Il n'y en a plus que deux.

— Tu es sûr ? Tu as pu en dépenser un et oublier, a dit ma mère.

Il a continué d'examiner le contenu de son portefeuille.

— Impossible. Je les ai tirés hier soir pour rembourser l'argent que George m'a avancé l'autre jour. Ah, il manque aussi un billet de cinq !

Il m'a regardé.

— Quoi ?

— Tu n'as rien à me dire ?

— Quoi ? ai-je répété. Tu penses que c'est moi ? J'ai rien pris dans ton portefeuille depuis la primaire.

J'ai réprimé une grimace. Je n'avais pas l'impression que cette confession tardive allait m'aider à prouver mon innocence.

— Je ne pense pas que ce soit ta mère, a dit mon père. Alors, c'est toi ou Sam.

Il s'est tourné vers mon frère.

— Allons, les garçons ! L'aveu accompagné d'un repentir sincère, et bien évidemment de la restitution de mon argent, vous fera bénéficier d'une punition allégée. Mais il s'agit d'une offre limitée aux cinq prochaines minutes.

— C'est pas moi, s'est défendu Sam. Je suis directement monté me coucher en rentrant hier, et je suis descendu après toi pour le petit déjeuner.

— C'est vrai, a admis mon père.

Ce n'était pas vrai. Sam était descendu cette nuit. Avec moi.

Mais il ne s'était pas approché du portefeuille de notre père. Alors il était inutile de le faire remarquer.

— Bon, je peux y aller, maintenant ? Je vais être en retard.

Mon père a soupiré et a agité la main vers la porte.

— Vas-y, vas-y.

— À quelle heure tu rentres ? a demandé ma mère.

— Pour dîner.

Sam a pris son sac et a quitté la cuisine. Le bruit familier de la porte d'entrée claquant derrière lui a retenti. Personne ne parlait plus.

— Eh, c'est pas moi ! ai-je dit. Je vous jure !

Mon père a secoué la tête. Puis il a consulté sa montre et a étouffé un juron.

— Il faut qu'on y aille aussi. Ne te crois pas tiré d'affaire, on reparlera de tout ça ce soir !

Il a attrapé son manteau et il est parti au pas de course sortir la voiture.

Ma mère m'a ébouriffé les cheveux en passant.

— Si c'est toi, il vaut mieux avouer. Crois-en ma longue expérience. Tu seras privé de sortie pendant une vingtaine d'années, mais je suis persuadée qu'il finira par te pardonner. Bon, à ce soir, mon chéri. Et n'oublie pas ton cahier de vacances, je corrigerai en rentrant.

Mon père a klaxonné et elle s'est dépêchée de le rejoindre.

J'ai terminé mon bol de céréales.

Ensuite, je me suis rappelé que Sam était redescendu hier soir. Sans moi.

J'avais presque cru à un rêve, dans mon demi-sommeil. Pourtant, à présent je m'en souvenais clairement.

Il avait eu tout le temps de voler l'argent.

C'était idiot de sa part, d'avoir volé autant. Il était évident que notre père allait s'en rendre compte. S'il achetait quoi que ce soit avec, tout le monde saurait que c'était lui le coupable.

J'ai mis mon bol dans l'évier, puis je me suis arrêté devant la porte de la cave.

J'ai hésité à y aller. J'avais envie de savoir ce qui s'était cassé hier soir, mais j'avais toujours un peu peur de ce qui avait volé le paquet de farine.

Je suis finalement descendu. Après tout, c'était juste une cave. Qu'est-ce qui pouvait m'arriver de pire ?

J'ai respiré à fond l'odeur fraîche et humide de la pièce et j'ai inspecté chaque étagère. Tout était en ordre. Pourtant, ni moi ni Sam n'avions parlé de la nuit précédente à nos parents. Ma mère n'avait donc eu aucune raison de descendre à la cave ce matin.

Dans ce cas, qui avait nettoyé les débris de verre ? Sam ? Il ne se précipitait jamais pour faire le ménage.

Je me suis approché de la fissure dans le mur. Je me suis mis à quatre pattes pour mieux l'inspecter et j'ai glissé mes doigts à l'intérieur.

La pierre a bougé.

J'ai tiré et la pierre a pivoté, révélant un trou assez large. Suffisamment large pour laisser passer un petit chat.

J'ai remarqué quelque chose de blanc. Il s'agissait d'un bout de papier, resté accroché sur l'arrête rugueuse de la pierre. Je l'ai ramassé.

C'était un morceau du paquet de farine.

Soudain, j'ai trouvé la cave effrayante. J'ai remis la pierre dans sa position initiale et je me suis relevé.

Il fallait que j'aille tout raconter à quelqu'un.

Chapitre 7

Quand je suis arrivé chez Juan, Sara était assise sur le canapé du salon.

Elle a levé les yeux à mon entrée.

— Salut.

— Tu es déjà là ? me suis-je étonné.

La mère de Sara travaillait chez elle et elle tenait à ce que sa fille l'aide pour le ménage. Sara était rarement dehors avant dix heures.

— J'en avais marre d'être à la maison.

— Pourquoi ?

Elle n'a pas répondu.

Je m'apprêtais à l'interroger davantage quand Juan est entré dans la pièce, deux verres de soda à la main.

— T'es là, toi aussi ? Si tu veux quelque chose, va le chercher, je n'y retourne pas.

— Non, ça va. Je viens de manger.

Il y avait longtemps que je ne me formalisais plus de la brusquerie de Juan. C'était juste sa façon de parler. Ça ne voulait pas dire qu'il n'était pas content de vous voir.

Lui et Sara ont commencé à se chamailler à propos des verres qu'il avait choisis. Je suis resté debout, les bras ballants.

— En fait, je voudrais vous parler d'un truc, ai-je dit.

Juan a dû comprendre que c'était sérieux, parce qu'il s'est tout de suite tu. Il s'est assis près de Sara.

— C'est à propos de Sam. Je crois qu'il a des problèmes. Peut-être que moi aussi.

Je leur ai tout raconté. Les ombres qui se faufilaient dans les coins, la créature qui volait dans le garde-manger avant de se sauver par le trou dans le mur, l'argent volé et l'attitude de Sam la nuit précédente.

— Raconté comme ça, ça te donne l'air complètement barré, a dit Juan. Des ombres et un monstre qui mange de la farine ? T'es sûr que tout ne vient pas de ton esprit tordu ?

— Absolument sûr. Merci de ta confiance. Et je n'ai jamais parlé de monstre.

Sara a gardé le silence, songeuse.

— Peut-être que Sam se fait racketter par les autres membres de son équipe, a-t-elle finalement dit.

— *Sam ?* Tu l'as déjà rencontré ?

Je me suis mis à rire. Sam faisait une demi-tête de plus que la plupart des autres membres du club, et il n'était pas du genre à se laisser marcher sur les pieds.

— Je sais, a dit Sara, agacée. Mais c'est bizarre : les égratignures, la blessure plus ancienne sur le bras, le fait qu'il veuille que tu rentres dans le club...

— Ouais, ça c'est louche, est intervenu Juan. Il évite plutôt de t'avoir dans les pattes, depuis qu'il se prend pour Beckham.

— Ça expliquerait surtout l'argent, a-t-elle ajouté.

— Il connaît tous ces types depuis l'école primaire, ai-je protesté.

— Non, a dit Sara. Pas tous.

D'un coup, ça m'a paru évident.

— Avant, il n'y avait pas Aaron.

— Exactement, a confirmé Sara.

— Je suis pas. C'est quoi le rapport entre Aaron, ton frère, et des ombres qui bouffent de la farine ? est intervenu Juan.

J'ai secoué la tête.

— Peut-être qu'il n'y en a pas, a dit Sara. Peut-être que ton frère ne voulait pas que tu ailles à la cave parce qu'il avait peur que tu te blesses. S'il avait dû réveiller tes parents ou s'occuper de toi, voler l'argent aurait été plus difficile.

Son explication paraissait logique.

— Bon, alors qu'est-ce qu'on fait ? a demandé Juan.

— À cette heure-ci, Sam est au foot, non ? a dit Sara.

— Oui, ensuite il va chez Aaron.

— Alors, il faut qu'on aille au terrain de foot.

— Pour quoi faire ? a dit Juan. Tu veux qu'on balance des trucs sur l'équipe en leur criant de laisser son frère tranquille ? Sinon, on pourrait aussi entrer dans le vestiaire et voler leurs fringues pendant qu'ils se douchent pour le venger.

Je l'ai dévisagé sans cacher mon horreur. Juan avait souvent des idées assez... particulières.

— Quoi ? Ça leur donnerait une bonne leçon. Et ce serait marrant, a dit Juan. Enfin, si on court vite.

— T'es malade, je *vis* avec l'un des membres de cette équipe ! lui ai-je rappelé. Je ne tiens pas à ce que Sam m'étouffe avec un oreiller pendant mon sommeil. En plus, je ne pense pas que ça va l'aider à mieux s'entendre avec les autres.

— Qu'est-ce qu'on va faire là-bas, alors ? a dit Juan, visiblement déçu.

— Pour le moment, on n'a aucune preuve que j'aie raison, a répondu Sara. Si Sam a des problèmes, on le verra. Ensuite, on décidera de ce qu'on fait.

— Il s'entraîne au moins jusqu'à six heures, ai-je dit. Si on y va maintenant, on va attendre toute la journée.

— Ils s'entraînent autant d'heures que ça ? a dit Juan, horrifié. Ils sont tarés !

D'après ce que Sam m'avait raconté, ils s'arrêtaient pour déjeuner puis ils constituaient des groupes pour travailler les détails techniques. Ils terminaient ensuite par un match. Ce stage durait trois semaines et mon frère y participait chaque année depuis sept ou huit ans.

De mon point de vue, ça ressemblait plus à un cauchemar qu'à des vacances, mais Sam avait l'air d'aimer ça.

— Allons-y vers cinq heures et demie, a dit Sara. Je ne tiens pas à cuire toute la journée dans les buissons.

Juan a grogné.

— Je sens qu'on va s'éclater.

— Ça ne durera pas longtemps, a dit Sara. Le tout, c'est de ne pas se faire repérer. Je ne pense pas que Sam sera ravi s'il découvre qu'on l'espionne.

Cette idée m'a donné des sueurs froides. Pendant un instant, j'ai pensé que je ferais mieux de ne pas me mêler de cette histoire.

— Il faut qu'on imprime une carte des environs, a dit Sara d'un ton décidé.

Elle semblait beaucoup trop heureuse de jouer au petit détective à mon goût.

— Une carte ? Pour quoi faire ? Je sais où est le terrain de foot, ai-je dit.

Sara m'a lancé un regard qui montrait clairement tout le mal qu'elle pensait de mon cerveau.

— Pour rentrer après avoir suivi ton frère jusque chez cet Aaron, évidemment. S'il habite un quartier qu'on ne connaît pas, ce sera dur de retrouver le chemin sans carte.

— Ah oui, ai-je dit faiblement.

Juan est allé allumer l'ordinateur.

Il était trop tard pour reculer. Pour le meilleur ou pour le pire, une fois que Sara avait une idée en tête, ce n'était pas la peine d'essayer de la stopper.

Et même si ça paraissait idiot, quelque chose me disait que Sam avait peut-être réellement besoin de mon aide.

*

— Ce que je m'ennuie ! a gémi Juan.

— Chhhhh ! Baisse-toi, on va se faire repérer !

J'ai appuyé sur son dos pour l'obliger à se courber davantage. Juan a levé les yeux au ciel et a bâillé avec ostentation.

Nous nous étions discrètement approchés du terrain de football. Nous étions à présent cachés dans les buissons qui entouraient le grillage séparant le terrain de la rue.

Cela faisait près d'une demi-heure que nous assistions à un entraînement de football tout ce qu'il y avait de plus normal.

Aaron était un excellent joueur. Tellement qu'à certains moments on aurait juré qu'il jouait tout seul.

— Qu'est-ce qu'il a à la jambe ? a soudain demandé Sara.

J'ai tout de suite su qu'elle parlait d'Aaron. Il était en short, et j'avais déjà remarqué que la peau découverte par le tissu noir avait un aspect étrange. Trop rouge et trop blanche à la fois, comme si elle avait été malaxée par une main énorme.

— On dirait une brûlure, a-t-elle ajouté après un moment. Tu te souviens de Donald Simons, en primaire ?

J'ai acquiescé d'un signe de tête.

— Il était dispensé de piscine parce qu'il s'était renversé une bouilloire dessus en voulant faire du café pour ses parents. Son bras ressemblait à ça.

J'ai essayé d'imaginer ce qu'Aaron avait voulu se préparer, pour avoir une jambe aussi amochée.

— C'est triste pour lui, mais il ne se passe rien, s'est encore plaint Juan. On peut pas rentrer ?

Sara lui a lancé un regard noir.

— Qu'est-ce que tu crois ? Ils ne vont pas le racketter devant l'entraîneur ! Il faut qu'on attende qu'il soit parti.

J'ai de nouveau fixé mon attention sur le jeu. L'entraîneur a crié le nom d'un joueur, mais Aaron lui est passé devant et a marqué un but à sa place. Il avait semblé surgir de nulle part.

L'entraîneur a soufflé dans le sifflet argenté qui se balançait à son cou au bout d'une chaîne. Les joueurs se sont rassemblés autour de lui.

Je n'ai pas entendu ce qu'il disait. Il devait commenter le match. Ensuite, les joueurs sont rentrés dans le bâtiment qui servait de vestiaires et l'entraîneur a rejoint sa voiture. Il en a sorti un journal et il l'a posé sur le capot pour le lire.

— Voilà, a dit Sara, il ne reste plus qu'à attendre qu'ils se changent et on pourra suivre Sam.

Environ un quart d'heure plus tard, les membres de l'équipe ont émergé du bâtiment par petits groupes. Aaron portait un pantalon de jogging. Comme le jour où je l'avais rencontré. Je me suis demandé s'il essayait de cacher sa cicatrice ou s'il était insensible à la chaleur épouvantable de ce mois de juillet.

Aucun des joueurs n'est rentré chez lui. Ils sont restés à discuter devant les vestiaires pendant que l'entraîneur fermait les locaux à clef.

Il a ensuite salué les joueurs et il est monté dans sa voiture.

Une fois l'entraîneur parti, ils se sont rassemblés autour d'Aaron et de mon frère. J'aurais voulu savoir de quoi ils discutaient, mais ils parlaient plutôt bas et je n'osais pas m'approcher.

L'un des joueurs faisait de grands gestes. Aaron a secoué la tête. Ensuite, sans que je comprenne pourquoi, ils sont tous partis, à part Aaron, mon frère et un autre joueur. Il était déjà venu traîner à la maison. Je croyais me souvenir qu'il s'appelait Irvin et qu'il collectionnait les timbres.

Les trois garçons se sont mis en route. Ils avançaient dans notre direction. Je me suis aplati le plus possible derrière les buissons.

— C'est bon, tu as l'argent ? a demandé Aaron au moment où ils passaient devant nous.

Sara a agrippé mon bras, se retenant probablement de pousser une exclamation de triomphe.

— Ouais, a dit mon frère. Mais il va falloir que je trouve un autre moyen... ils commencent à soupçonner quelque chose.

Aaron a hoché la tête.

Sara, Juan et moi avons avancé dans les buissons. Nous avons essayé de laisser une certaine distance entre mon frère et nous. Tant que nous étions près du terrain de foot, nous pouvions nous cacher dans la végétation. Une fois au bout de la rue, ça deviendrait impossible.

Aaron parlait de nouveau à voix basse et je n'entendais plus rien.

Parvenus à l'extrémité de notre cachette végétale, nous avons dû attendre qu'ils s'éloignent avant de les suivre. Nous avons couru jusqu'à une grosse poubelle pour le verre telle qu'il y en avait des dizaines partout dans la ville. Nous sommes restés derrière celle-ci pour laisser les trois garçons prendre de l'avance.

Heureusement, ils se dirigeaient vers le centre-ville. Il y aurait davantage de monde dans les rues commerçantes et il nous serait alors plus facile de nous fondre dans la foule. Pour être honnête, c'était la seule partie de la ville qui ne ressemblait pas à la campagne.

Aaron s'est soudain arrêté. Il a parlé un instant avec mon frère et Irvin. Nous n'avons pas osé trop nous approcher, mais j'ai entendu Irvin dire à Aaron qu'ils se retrouveraient chez lui plus tard. Puis Aaron a traversé la rue. Sam et Irvin ont continué tout droit.

— Hé, ils se séparent ! a dit Juan. Qu'est-ce qu'on fait ?

Sara m'a regardé. C'était mon frère, alors c'était à moi de décider.

— On suit Sam, ai-je dit.

Nous avons poursuivi notre filature. Ainsi que je le pensais, les rues plus passantes du centre-ville nous rendaient la tâche plus aisée. J'aurais préféré qu'il fasse sombre, mais il était à peine sept heures et le soleil était encore haut dans le ciel.

Sam et Irvin ont ralenti, puis ils sont entrés dans un magasin.

Je me suis prudemment avancé. C'était une de ces supérettes ouvertes vingt-quatre heures sur vingt-quatre qui sentait la vieille salade et dont les caisses étaient tenues par des étudiants aux yeux cernés.

L'entrée était vitrée. J'ai regardé à l'intérieur pour vérifier que je ne risquais pas de tomber nez à nez avec mon frère avant de le suivre dans le magasin.

Sara m'a pris par la manche et m'a entraîné dans un rayon parallèle aux caisses.

— On va rester là. D'ici, on verra ce qu'ils achètent, a-t-elle dit.

C'était le rayon des couches et des produits de beauté. Nous y serions à l'abri, il y avait peu de chances pour que ce soit ce que mon frère était venu chercher. Du moins, je l'espérais.

J'ai commencé à lire les étiquettes des bouteilles de shampooing alignées devant moi pour passer le temps. À peine cinq minutes plus tard, Sara m'a donné un coup de coude dans les côtes. Sam et Irvin revenaient avec un panier en plastique bien rempli. Nous avons reculé d'un rayon le temps qu'ils atteignent la caisse avant de retourner à notre poste. J'ai passé la tête de l'autre côté du rayon pour voir ce que mon frère achetait.

De la viande. Et pas qu'un peu : des kilos de viande en barquette étaient à présent entassés sur le tapis roulant qui menait au caissier.

Irvin a donné des billets à mon frère. Il a ensuite enfourné les barquettes dans son sac à dos pendant que Sam payait.

Je n'ai pas vu le montant exact, mais il y avait là plus de billets que Sam n'en avait volé dans le portefeuille de mon père.

À vue de nez, j'aurais dit que mon frère était en train d'utiliser environ six mois d'argent de poche pour du bœuf.

Sam a rangé son portefeuille. J'ai reculé. Il valait mieux attendre qu'Irvin et lui soient sortis du magasin avant de nous déplacer.

— Sam pique de l'argent à ton père pour faire un barbecue ? a soufflé Juan. C'est pas pour me moquer de ton frangin, mais c'est franchement pas la classe !

Je n'ai pas répondu. Je n'y comprenais rien, moi non plus.

La suite de notre filature se révéla étonnamment facile.

Sans doute parce que Sam et Irvin n'avaient aucune raison de regarder derrière eux et que les rues étaient assez fréquentées pour nous éviter de nous faire remarquer.

Sara consultait de temps à autre le plan de la ville qu'elle avait imprimé cet après-midi. Au moins, je ne m'en faisais pas pour le retour.

Les maisons se sont peu à peu espacées. Nous sommes finalement arrivés dans un quartier résidentiel composé de petites bâtisses en brique entourées de pelouses entretenues avec soin. Ce n'était pas tout à fait la campagne. Pas comme chez Juan, qui n'habitait pourtant qu'à une vingtaine de minutes de chez moi. Mais ce n'était plus vraiment la ville non plus. Juste un de ces quartiers ennuyeux où les portes d'entrée sont reliées à des alarmes et les rues sont désertes après dix heures du soir.

— Combien de temps on va encore marcher ? a marmonné Juan. J'arrive pas à croire qu'Aaron aille à l'entraînement à pied.

Sam a tourné à l'angle d'une maison et nous nous sommes arrêtés pour lui donner de l'avance. De loin, j'ai vu arriver le camion des éboueurs derrière nous.

— Le matin, il doit prendre le bus, a dit Sara.

Elle a lancé un coup d'œil appuyé à Juan.

— En plus, c'est un sportif, *lui*. Marcher ne doit pas lui poser de problème.

Juan s'est renfrogné.

Nous n'avions plus longtemps à attendre : une centaine de mètres plus loin, Sam et Irvin se sont arrêtés devant une maison d'allure anodine, construite à l'écart des autres. Ils ont remonté la courte allée avant de sonner. La porte s'est ouverte. Je n'ai pas vu qui était de l'autre côté, mais les deux garçons sont entrés sans hésitation.

La porte s'est refermée derrière eux.

— Qu'est-ce qu'on fait, maintenant ? a demandé Juan.

On s'est approchés de la maison. Je n'osais pas parler, même s'il était évident qu'on ne pouvait pas nous entendre de l'intérieur.

J'ai gardé les yeux fixés sur la porte. Comment savoir ce qui se passait de l'autre côté ? Sam n'avait pas l'air d'avoir été forcé à y aller, mais peut-être qu'Aaron le menaçait.

Soudain, un bruit a attiré mon attention. Il se rapprochait.

Des pas.

Qui venaient dans notre direction.

— Planquez-vous ! ai-je sifflé.

J'ai attrapé Juan et j'ai plongé derrière la grosse benne à ordures qui se trouvait devant nous. J'ai remué pour trouver une position confortable et j'ai regardé par-dessus mon épaule. Sara s'était accroupie près de nous.

Les pas ont continué à se rapprocher. Je distinguais maintenant une voix vaguement familière. Je l'ai ensuite reconnue comme appartenant à l'un des copains de Sam. Il faisait lui aussi partie de l'équipe de foot.

— On est à la bourre. Il faut qu'on se dépêche ou on va se faire allumer ! Surtout ce soir, avec les deux nouveaux.

— Ouais ben, il était pas facile à attraper, a dit un autre type.

Les voix étaient proches, à présent. J'ai résisté au désir de regarder de l'autre côté de la benne. Un seul faux mouvement et nous serions repérés. Expliquer ce qu'on fabriquait devant chez Aaron ne serait pas simple, et j'étais presque sûr que mon frère ne serait pas ravi de me voir.

— Qu'est-ce qu'on en fait, maintenant ? a demandé la première voix.

— Tu l'as jamais fait ?

— Non, d'habitude je suis avec Irvin, et c'est lui qui s'en occupe. Alors, comment on fait ?

Il y a eu un silence et j'ai entendu l'un des deux piétiner.

— Bah, je sais pas. Y a rien ici, alors… *crac*, juste comme ça.

Crac ? Juan et moi avons échangé un regard perplexe. Les deux garçons se sont approchés de la benne. Instinctivement, j'ai fermé les yeux. Il y a eu un son étrange. Ça ressemblait à un cri étouffé.

— J'y arrive pas. Si j'ouvre, je vais me faire lacérer. Comment tu t'y prends, toi ?

— Laisse tomber. Mets-le plutôt là-dedans, ça réglera le problème.

J'ai entendu un bruit familier et une ombre s'est abattue sur moi. J'ai rouvert les yeux. La poubelle était ouverte et son couvercle avait été redressé à la verticale. Je voyais la main de l'un des garçons le maintenir en place. J'ai prié pour qu'il n'ait pas l'idée de regarder derrière la benne.

L'un des deux garçons a jeté quelque chose.

— Voilà, a repris celui qui avait parlé en dernier. En plus, les éboueurs sont juste au bout de la rue. Ils s'en occuperont pour nous.

Il a refermé la benne et les pas se sont éloignés. Je n'ai pas bougé avant que la porte d'entrée claque.

Le soupir de soulagement de Sara s'est mêlé au mien.

Juan a eu un rire tendu.

— On a eu chaud, là. J'ai cru qu'ils allaient nous voir.

Je me suis redressé. Mon pantalon était couvert de poudre grisâtre. Je l'ai épousseté sans grand résultat.

— On ne peut pas rester ici, ai-je dit. Ce type avait raison, les éboueurs ne sont pas loin. Il vaut mieux qu'ils ne nous voient pas traîner dans le coin, ou ils vont penser qu'on prépare un mauvais coup.

Sara s'est levée aussi. Elle a fait le tour de la benne et elle a tendu la main vers le couvercle.

— Qu'est-ce que tu fabriques ? a demandé Juan. Je sais que tout ça est louche, mais on ne va quand même pas faire les poubelles !

— Je veux savoir ce qu'ils viennent de jeter. Ça avait l'air plutôt important.

Elle a ouvert la benne et je me suis approché pour voir.

Une odeur nauséabonde se dégageait des sacs poubelles entassés. Un sac en toile beige refermé par une ficelle était posé sur les sacs plastiques noirs pleins à craquer.

— Ah !

Sara a reculé.

Le sac bougeait.

Chapitre 8

— Qu'est-ce qu'on fait ? a demandé Sara, d'une voix plus aiguë que d'habitude.

— Je vous préviens tout de suite : comptez pas sur moi pour mettre ma main là-dedans, a dit Juan.

— Il faut qu'on l'ouvre, a insisté Sara. C'est peut-être un bébé ou un truc dans le genre.

Juan a froncé le nez.

— Un bébé ? Pourquoi ? T'es malade ! Qui mettrait un bébé dans une poubelle ?

— C'est possible ! Tu ne lis jamais le journal ? a rétorqué Sara, d'un ton soudain plus assuré.

— Bah non, jamais ! Quel est le rapport, d'abord ?

Je me suis rapproché de la benne. Le sac remuait violemment. On aurait dit qu'une créature essayait d'en sortir. Un bruit s'en échappait par intermittence, mais je n'arrivais pas à l'identifier.

Juan et Sara continuaient de se disputer derrière moi.

Je ne pensais pas qu'il s'agissait d'un bébé. Je savais que ce n'était pas complètement impossible, mais je ne voyais pas pourquoi les membres de l'équipe de football auraient eu un bébé avec eux.

J'espérais vraiment que ça n'en était pas un, parce que si c'était le cas, les ennuis de mon frère n'étaient pas près de se terminer.

J'ai essayé d'attirer l'attention de Sara, sans succès. Elle était trop occupée à traiter Juan de crétin.

J'ai observé le sac avec appréhension. Je n'étais pas non plus très enthousiaste à l'idée de mettre ma main dans la poubelle. Néanmoins, il fallait que quelqu'un le fasse.

J'entendais les éboueurs approcher. J'ai jeté un coup d'œil par-dessus la benne. Ils étaient à deux maisons de là. Ils ne nous avaient pas remarqués, mais si je ne me dépêchais pas, je n'aurais plus qu'à expliquer pourquoi on fouillait les ordures d'Aaron.

J'ai rapidement avancé la main. J'ai tiré sur la ficelle d'un coup sec pour défaire le nœud.

Il a résisté.

La chose, dans le sac, se débattait de plus belle.

J'ai respiré à fond et j'ai attrapé la ficelle à deux mains. Sara et Juan se sont tus et ont reculé de plusieurs pas.

Le nœud a cédé.

Un être poilu a surgi hors du sac. Je n'ai pas eu le temps de m'écarter. La bête m'a sauté au visage avec un cri et a filé dans la haie la plus proche.

Je suis resté pétrifié.

— C'était...

— Un chat, a complété Sara. C'était un chat.

— Pourquoi ce type a jeté un chat à la poubelle ? a demandé Juan.

Sara a soudain paru horrifiée.

— Ne me dites pas... Vous pensez que ce sont eux qui font disparaître tous les chats de la ville ?

J'ai eu du mal à avaler ma salive.

S'il s'agissait bien de ça, j'espérais que Sam n'était pas mêlé à cette affaire. Et que Kuro n'avait pas fini au fond d'une benne à ordures.

Le claquement du conteneur reposé par le bras mécanique du camion benne m'a fait reprendre mes esprits. J'ai refermé le couvercle de la poubelle.

— Il ne faut pas qu'on reste là, ai-je dit.

— On rentre, a proposé Juan. Je trouve qu'on en a assez vu pour aujourd'hui.

— Quoi ? Maintenant qu'on est là, on doit au moins aller vérifier ce qu'ils fabriquent ! a protesté Sara.

— On les a vus jeter un chat, c'est déjà pas mal, a dit Juan.

J'ai supposé que c'était encore à moi de prendre la décision. Juan et Sara ne se mettraient jamais d'accord. En plus, il s'agissait de mon frère. Mon frère qui volait de l'argent pour acheter des kilos de viande à des types qui jetaient des chats aux ordures.

Est-ce que c'était un genre de secte ? Il y avait parfois des types qui distribuaient des tracts devant le supermarché pour prévenir de la fin du monde ou de l'invasion imminente des extraterrestres. Pourtant, même si je ne connaissais pas bien Aaron, croire à ces trucs ne collait pas tellement avec l'image que je m'étais faite de lui.

— Allons voir, ai-je dit. Sara a raison : ce serait idiot d'avoir suivi Sam jusqu'ici pour rien.

Nous nous sommes dirigés vers le bâtiment. La porte d'entrée était encadrée par deux grandes fenêtres aux vitres sales.

Nous nous sommes cachés dans un gros massif situé entre l'une des fenêtres et la porte. Mieux valait attendre que les éboueurs soient passés avant de faire quoi que ce soit.

J'ai prié pour que la porte ne s'ouvre pas et que les éboueurs ne regardent pas la maison de trop près. Le massif n'était pas très haut et j'étais presque sûr qu'on dépassait un peu de la végétation. Sans doute assez pour que le buisson ait l'air d'avoir une drôle de coupe de cheveux, en tout cas.

Une fois le camion benne reparti, j'ai jeté un coup d'œil par la fenêtre. C'était l'entrée. Elle était déserte.

— Ils ne sont plus là, a dit Juan. C'est bête... On s'en va ?

— Bien sûr qu'ils ne sont pas restés plantés dans l'entrée ! a dit Sara, exaspérée. Faisons le tour, ils sont forcément quelque part.

On a passé l'angle de la maison. On s'est approchés d'une deuxième fenêtre, prenant garde de ne pas faire de bruit. Une fois près de la fenêtre, je me suis lentement penché pour voir ce qui se passait à l'intérieur. C'était le salon. Il y avait un canapé et des fauteuils disposés autour d'une table basse.

Debout près d'une cheminée, Aaron discutait avec mon frère et deux membres de l'équipe de football. Probablement ceux qui venaient de jeter le chat. Assis par terre, celui qui était allé chercher la viande avec Sam la déballait et la disposait au fur et à mesure dans une espèce de grand plat en métal.

C'est là que j'ai remarqué la trappe, aux pieds d'Aaron.

Elle était en train de s'ouvrir. Un premier garçon en a émergé. Il a semblé avoir des difficultés à se hisser dans le salon. Un autre garçon l'a suivi de près. Il m'a paru pâle. Je les ai reconnus immédiatement : eux aussi jouaient dans l'équipe de Sam.

Sara a laissé échapper une exclamation étouffée.

Elle a posé sa main sur mon bras et l'a serré. Ses ongles se sont enfoncés dans ma peau. Je n'ai pas osé bouger.

J'avais vu la même chose qu'elle.

Les deux garçons avaient chacun un bras ensanglanté. La manche de la chemise à carreaux du second était rouge et de petites taches sombres se formaient déjà sur le plancher de bois clair.

J'ai repensé à la blessure sur le bras de Sam.

C'était donc ici qu'il se l'était faite. Non. Qu'on la lui avait faite. De toute évidence, il ne s'agissait pas de blessures accidentelles. Les deux garçons avaient été blessés dans l'endroit où menait la trappe. Une cave ? En tout cas, un endroit dans lequel on ne risquait pas de trouver de buissons.

Aaron, mon frère et les trois autres membres de l'équipe de foot attendaient dans le salon.

Alors... qui était à la cave ?

J'ai fixé la trappe des yeux, mais plus personne n'en est sorti.

Aaron a échangé quelques mots avec les deux garçons. Il souriait, sans prêter attention au sang qui gouttait à ses pieds. En réalité, personne ne semblait s'en soucier. Il s'est ensuite tourné vers le plateau de viande.

Celui qui s'en occupait a hoché la tête. Il a posé un dernier steak sur l'impressionnante pile de chair crue.

Il s'est levé et a attrapé le plat. Il a titubé sous son poids. Puis, une fois son équilibre retrouvé, il est descendu par la trappe, emportant la viande avec lui.

D'un coup, ce qui se trouvait sous la maison est devenu vraiment effrayant.

Une fois, j'avais vu un film avec un croque-mitaine aux ongles démesurés qui se cachait sous le lit des enfants. Déguisé en ours en peluche, il les appelait jusqu'à ce qu'ils se penchent vers lui pour les attraper et les dévorer.

Il m'avait fallu des mois pour oser de nouveau regarder sous mon lit.

J'avais soudain le sentiment qu'un croque-mitaine se cachait sous la maison d'Aaron, attendant que quelqu'un vienne pour refermer ses mains griffues sur l'intrus.

— On rentre ! a chuchoté une voix étranglée près de mon oreille.

J'ai jeté un coup d'œil à Juan, faisant attention à ne pas être visible depuis la fenêtre.

Il était pâle, lui aussi.

— C'est trop bizarre, ce truc. En plus, ils vont finir par nous repérer, a-t-il soufflé.

J'aurais parié qu'il n'avait pas envie non plus de savoir ce qui se cachait dans la cave.

J'ai hésité. Si on restait plus longtemps, il y avait une chance d'en apprendre davantage. Peut-être que ce n'était rien de grave, après tout. Sam n'était pas stupide. S'il était là, c'était qu'il n'y avait rien à craindre.

Malgré moi, je songeais que les griffures qu'il avait sur le bras auraient pu être infligées par un chat. Un chat se débattant pendant qu'on le mettait dans un sac de toile, par exemple.

Puis Aaron a croisé mon regard. Il a souri.

J'ai reculé d'un bond.

— Qu'est-ce qu'il y a ? a demandé Sara.

J'ai retenu mon souffle, prêt à partir en courant. Mais personne ne s'est précipité hors de la maison pour nous attraper.

J'avais dû rêver.

Quoi qu'il en soit, je n'avais plus très envie de traîner dans le coin.

— OK, on y va, ai-je dit.

Nous sommes revenus sur nos pas. Le camion benne s'était éloigné et on n'entendait plus que le son lointain du bras mécanique et des ordures déversées. Après quelques mètres, Sara s'est raclé la gorge plusieurs fois.

— Les chats...

— Oui, je sais, l'ai-je coupée. Ça pourrait être eux.

— Mais pourquoi ? Quel genre de tarés s'amuseraient à tuer des chats ? a demandé Juan.

Il m'a regardé.

— Oh, enfin, je ne dis pas ça pour Sam, a-t-il bafouillé. Je suis sûr qu'il y a une raison. Ils doivent l'obliger à participer. Si ça se trouve, il n'a rien fait.

— À part voler l'argent de mon père et se laisser écorcher le bras dans la cave ?

Juan a eu l'air mal à l'aise.

— Ouais, à part ça.

Je lui étais reconnaissant d'essayer de dédramatiser la situation. Cependant, je continuais de penser à ce qu'il y avait sous la maison.

Ce qui avait déchiré le bras de Sam et ceux des deux garçons. Ce qui mangeait un plein plateau de viande crue pour le dîner.

Les yeux sur le plan qu'elle tenait entre les mains, Sara a tourné dans la rue que nous avions empruntée plus tôt.

Elle a percuté de plein fouet une vieille femme coiffée d'un impressionnant chapeau violet. Sara a perdu l'équilibre et je l'ai rattrapée par les épaules pour l'empêcher de tomber.

— Oh, a dit la femme. Faites attention, petits sauvages !

— Pardon. Excusez-moi, a répondu Sara en souriant nerveusement.

Sara déteste se faire gronder. Même par de parfaits inconnus.

La femme l'a considérée avec méfiance avant de hocher la tête.

— Ça ne fait rien, a-t-elle grommelé. Regardez seulement où vous allez !

— Oui, madame, a dit Sara.

— Fayotte, a marmonné Juan.

Elle lui a marché sur le pied, ce qui lui a valu un autre regard désapprobateur.

— Au revoir, madame, a dit Sara.

Elle l'a contournée. Je m'apprêtais à la suivre quand j'ai eu une idée.

— Madame ? ai-je appelé alors qu'elle repartait déjà. Je peux vous poser une question. S'il vous plaît.

Elle s'est arrêtée. Elle tenait son sac à deux mains, à présent. Comme si elle avait peur qu'on lui arrache.

Je lui ai adressé mon sourire le plus engageant.

— Vous venez de le faire, a répondu la vieille femme.

Juan a marmonné une remarque désobligeante. J'ai espéré qu'elle ne l'avait pas entendue.

— C'est à propos des gens qui vivent dans la maison en bas de la rue.

Je me suis écarté pour la laisser passer le coin du bâtiment devant lequel elle avait percuté Sara et je lui ai indiqué la maison d'Aaron.

La femme a plissé les yeux.

— Le fils s'appelle Aaron, ai-je précisé.

— Les gens ? a-t-elle répété. Je n'ai jamais vu que le gamin.

— Quoi ? Et ses parents ? a demandé Sara. Il ne peut pas vivre là tout seul !

La vieille femme a haussé les épaules.

— Jamais vu de parents. Croyez ce que vous voulez, mais il n'est pas net, ce petit. Je le dis depuis qu'il est arrivé.

Elle s'est penchée vers moi, comme si elle allait me révéler un secret.

— Je serais curieuse de savoir ce qu'il y avait dans cette caisse.

Juan et moi avons échangé un regard.

— Une caisse ? ai-je répété.

— Oui, une caisse en bois. Aussi grande que moi. Et expédiée par bateau ! De nos jours, ce n'est pas fréquent. Le gosse a dit que c'était moins cher de faire venir ses affaires de cette façon. Enfin tout de même, ça a dû mettre des semaines à arriver : le Pérou, ce n'est pas la porte à côté !

— Aaron vient du Pérou ? a demandé Sara, d'un ton incrédule.

Je partageais sa perplexité. Aaron avait l'air aussi péruvien que moi. Sans parler de son prénom.

— C'est ce qu'il y avait marqué sur la caisse, a dit la femme. Le Pérou.

Elle semblait sur le point de repartir dans une tirade, mais je ne pensais pas que rester dans le coin trop longtemps soit une excellente idée. Sam finirait par rentrer à la maison et je ne tenais pas à le rencontrer en chemin.

— Merci, ai-je dit poliment. Il faut qu'on y aille, maintenant.

— Oh. Au fait, qu'est-ce que vous vouliez savoir sur le gamin ?

— Rien, ai-je dit. C'est un ami de mon frère. Je voulais savoir comment il était.

— Difficile à dire, a répondu la femme. Il ne parle presque pas aux voisins. Depuis qu'il est ici, il n'a pas assisté à une seule réunion de quartier.

Elle s'est arrêtée pour reprendre son souffle et a remis en place le chapeau violet qui penchait dangereusement sur la gauche.

— Sinon, je dois admettre que c'est un gentil garçon. Très poli. Pas de nuisance sonore.

— D'accord. Merci, ai-je encore dit.

— Pas de quoi ! Si vous avez encore besoin de savoir quoi que ce soit, j'habite dans la maison aux volets bleus.

Elle a indiqué une maison à quelques centaines de mètres en contrebas.

Sara a continué à sourire, l'air tendu.

— Au revoir, madame.

Elle a tiré Juan par la manche pour dépasser la vieille femme.

Je l'ai saluée à mon tour et je les ai suivis.

— Une grande caisse et des parents qu'on ne voit jamais… Vous pensez à la même chose que moi ? a demandé Juan après quelques mètres.

Sara et moi avons hoché la tête.

Dans les films, les nouveaux voisins apportant des caisses à taille humaine étaient généralement des vampires.

Les cercueils dissimulés dans des caisses étaient toujours cachés dans la cave, à l'abri de la lumière du soleil.

Là d'où étaient remontés les deux adolescents ensanglantés et là où on avait descendu la viande crue.

Juan a ri.

— C'est débile. Les vampires, ça n'existe pas.

J'ai ri aussi.

J'avais peur quand même.

Chapitre 9

Je me suis arrêté sur le seuil de la maison pour regarder mon père charger un petit sac de voyage à l'arrière de la voiture. Il n'avait pas reparlé de l'argent disparu depuis la veille, mais il ne cessait de m'observer d'un air grave pour m'inciter à avouer.

Pour une fois, je regrettais presque de ne pas être le coupable. Après ce que j'avais entrevu hier, j'avais peur que ce vol ne cache quelque chose de bien pire.

J'avais pensé à parler à mes parents de ce qui s'était passé chez Aaron. Finalement, je ne l'avais pas fait. Ils ne m'auraient pas cru. De toute façon, je n'avais aucune preuve. En plus, avouer que j'avais suivi Sam ne m'aurait attiré que des ennuis.

Mon père a refermé le coffre. J'ai entendu ma mère prendre son manteau et son sac dans le placard de l'entrée.

Rester avec Sam me rendait nerveux. En temps normal, j'aurais été ravi. Sam était cool. Avec lui, je n'étais pas obligé d'être à table à l'heure et je pouvais regarder la télévision toute la nuit si j'en avais envie. Aujourd'hui, c'était différent. C'était toujours mon frère, bien sûr. Ce n'était pas comme si j'avais *peur* de lui. Mais c'était différent quand même.

J'espérais qu'il ne voudrait pas inviter d'autres membres de l'équipe de foot à la maison.

Ou pire. Aaron.

Ma mère s'est penchée devant le miroir de l'entrée pour réajuster l'une de ses boucles d'oreille.

— Maman ?

— Hum ?

— Je peux dormir chez Juan ?

Ma mère s'est redressée. J'ai vu une ombre projetée depuis le seuil de la cuisine. C'était Sam.

— Pas question, a dit ma mère. Tu es sous la responsabilité de ton frère et tu dois lui obéir. Tu ne sors pas du périmètre du jardin avant qu'on soit rentrés. D'ailleurs, tu as ton cahier de vacances à faire et il faut s'occuper de la pelouse. Sam passe la tondeuse, toi, tu te charges du coupe-bordure.

— Quoi ? C'est une blague ! ai-je protesté.

— Absolument pas. Et comme tu seras occupé, tu n'auras pas le temps de penser à ce que tu pourrais être en train de faire avec tes amis. Tu vois, tout le monde y gagne !

Des maths et de l'herbe coupée, exactement les vacances de mes rêves...

Elle est passée devant moi pour rejoindre mon père à la voiture. Sam s'est approché pour les regarder partir.

Ma mère nous a fait un signe de la main. Puis elle a tendu un index menaçant dans notre direction.

— Ça a intérêt à être fait à notre retour, ou vous allez m'entendre ! Allez, soyez sages, les garçons !

J'ai marmonné « à demain ». Sam a agité le bras comme si nos parents partaient pour des mois.

Je me demandais s'il cafterait si j'allais quand même chez Juan. Avec lui, on ne pouvait jamais savoir.

— Tu restes ici, a-t-il lâché, comme s'il avait lu dans mes pensées. Plutôt crever que de me farcir la pelouse tout seul.

— D'accord, ai-je dit. Finissons-en.

Je suis allé chercher le coupe-bordure dans la cabane à outils en traînant les pieds. Il était évident que la tâche allait me prendre un certain temps. La partie difficile consistait à couper l'herbe sans mutiler atrocement les plantes que ma mère cultivait avec passion.

La différence entre les deux se révélait parfois ténue. Pour ne pas dire invisible à l'œil nu.

À l'aide d'une grande rallonge bleue, j'ai branché l'appareil à une prise dans l'entrée et je l'ai démarré. Il a émis un bruit digne d'une puissante moto. La classe en moins.

J'ai attrapé l'engin à deux mains et je me suis mis au travail.

Au moins, avec ce boucan, j'avais une bonne excuse pour ne pas adresser la parole à Sam. Ce qui signifiait que je ne serais pas tenté de l'interroger au sujet d'Aaron.

Je ne voyais pas comment ce genre de discussion aurait pu bien se finir.

*

Je venais de massacrer un bégonia façon « tueur au coupe-bordure » quand une main s'est abattue sur mon épaule.

Tous les muscles de mon corps se sont tendus. J'ai arrêté de presser le bouton de l'appareil et il s'est éteint.

C'était Sam.

— On mange, a-t-il dit. J'en ai marre de ce boucan. Et si tu continues une minute de plus, je crois que tes mains oublieront comment arrêter de vibrer.

J'ai baissé les yeux vers mes mains. Il n'avait pas tort, j'avais l'impression de toujours sentir le coupe-bordure trembler sous mes doigts.

J'ai suivi Sam dans la cuisine. Il avait fait des sandwichs. Quand il a ouvert le réfrigérateur pour prendre le jus d'orange, j'ai vu la boîte translucide dans laquelle notre mère avait mis le dîner. Dessus, elle avait écrit « trois minutes » au marqueur. Apparemment, elle nous croyait capables de brûler le plat en le réchauffant au micro-ondes.

J'ai mordu dans un sandwich au pâté.

— Alors, tu as pensé à l'équipe de foot ? a demandé Sam.

— Non. Enfin, si... Je ne crois pas que ce soit une très bonne idée, ai-je bafouillé.

Pourquoi voulait-il que je rejoigne l'équipe ? Est-ce qu'Aaron était derrière tout ça ?

Avait-il besoin d'une nouvelle victime à faire descendre dans la cave ?

— Pourquoi ?

Sam avait l'air sincèrement blessé. L'espace d'un instant, j'ai pensé que je le soupçonnais peut-être injustement. Mais l'image de ses bras meurtris et du sang sur le plancher de la maison d'Aaron m'est vite revenue à l'esprit.

Qu'Aaron soit un vampire ou quoi que ce soit d'autre, je ne le laisserais pas m'attraper sans me battre.

Il fallait que je trouve un moyen de tirer Sam de là.

— Je suis passé devant le terrain de foot, hier, ai-je dit.

— Ah oui ?

L'expression de Sam est immédiatement devenue méfiante.

— Qu'est-ce que tu faisais là-bas ?

— Je me suis dit que j'allais jeter un coup d'œil. J'ai vu Aaron jouer.

— Il est génial, hein ? s'est aussitôt exclamé Sam.

— Ouais, ai-je dit. Génial. Avec un joueur pareil dans l'équipe, je ne toucherais pas le ballon. Ce n'est pas la peine que je m'inscrive dans ton club.

— Oh.

Sam a paru convaincu par mon explication.

— Mais tu ferais des progrès. Et Aaron est cool, il est toujours prêt à nous donner un coup de main. Je suis sûr qu'il accepterait de t'apprendre des trucs. En plus, il a un super grand terrain, chez lui. Ses parents nous laissent jouer là-bas autant qu'on veut.

— Ses parents ? ai-je répété. Ils sont sympas ?

— Ouais, a confirmé Sam avec enthousiasme. Ils disent qu'on ne les gêne pas. T'imagines la réaction des parents si l'équipe venait s'incruster chez nous sans arrêt ?

J'imaginais assez bien. De toute façon, le règlement intérieur édicté par ma mère était on ne peut plus clair : aucun ballon ne devait toucher la pelouse.

L'interdiction incluait aussi les balles de taille réduite. Je crois que ce point précis protégeait davantage les vitres que les plantes.

Mais évidemment, personne ne pouvait être aussi permissif que des parents qui n'existaient pas.

À moins, bien sûr, qu'ils ne se trouvent à la cave, endormis dans des cercueils arrivés du Pérou par bateau dans une grande caisse.

— Je crois que le foot, c'est pas pour moi, ai-je conclu.

— Tu pourrais au moins jouer un peu avec nous chez Aaron, a insisté Sam. Tiens, on y va ce soir. T'as qu'à venir !

— Quoi ? Je croyais qu'on devait rester à la maison.

— Oh, fais pas ton rabat-joie... Si je t'avais laissé faire, tu te serais déjà barré chez Juan. Allez, on va se marrer !

Dans d'autres circonstances, j'aurais été fou de joie que Sam me propose de l'accompagner chez un de ses copains. Cependant, j'avais autant envie d'aller chez Aaron que de boire la bouteille de mort-aux-rats que mon père gardait dans la cave.

Est-ce qu'Aaron m'avait vraiment vu la veille ? Peut-être qu'il avait dit à Sam de me faire venir pour éliminer un témoin gênant. Ou nourrir la chose de la cave. Ou...

Je me faisais sûrement des films. J'avais regardé trop de séries fantastiques. Quelquefois, je me disais que j'avais vu tant de fois des zombies surgir sur un écran de télé que ça ne m'aurait pas tellement étonné d'en voir en vrai.

— Non, ai-je dit. Je préfère rester à la maison. T'en fais pas, je cafterai pas aux parents. Juré craché.

Sam a eu l'air contrarié. Puis il a souri comme si de rien n'était.

J'ai vu une ombre traverser l'entrée, passant tel un éclair sombre devant la porte de la cuisine. Je ne l'ai pas fait remarquer. Je ne me suis pas non plus levé pour aller voir.

Parce qu'il n'y aurait rien. Comme les dix fois précédentes.

Ces temps-ci, je croyais voir des choses bouger si souvent que je commençais à penser qu'une visite chez l'ophtalmologiste s'imposait. J'espérais que c'était un problème d'yeux, en tout cas. Car une maladie qui vous faisait voir des choses qui n'étaient pas là était forcément un truc moche.

— OK. Si tu veux passer la nuit ici tout seul... Tu connais le numéro de la police, si un cambrioleur vient ? Quoique, tu n'auras sans doute pas le temps d'atteindre le téléphone si tu es en train de dormir...

— Ah, ah, très drôle.

Sam a changé de sujet et on est allés en finir avec la pelouse.

Au moment de quitter la maison, en début de soirée, il m'a encore proposé de l'accompagner. J'ai refusé, plus convaincu que jamais que c'était louche. Personne n'aurait tenu à ce que son petit frère l'accompagne à une fête organisée par ses copains.

Il a paru sur le point d'insister. Il a posé sa main sur mon épaule, comme pour m'entraîner à sa suite. Enfin, c'est l'impression que j'ai eue. Sam ne me touchait presque jamais, d'habitude.

— Tant pis pour toi, a-t-il finalement dit.

Je l'ai regardé s'éloigner avec soulagement avant de fermer la porte derrière lui. Mais ce sentiment n'a pas duré.

J'ai réalisé que j'étais seul dans une maison vide. L'idée ne me plaisait pas. Je ne pouvais pas aller chez Juan ou Sara parce que nos parents se connaissaient, et que les leurs répéteraient tout aux miens. Pour me défendre, je serais obligé d'avouer que Sam était parti. Je n'avais pas envie qu'il me fasse la tête au carré pour avoir trahi son petit secret.

Alors j'ai regardé la télévision en mangeant un paquet de chips au fromage trouvé au fond d'un placard de la cuisine.

À dix heures et demie, je m'ennuyais tellement que je suis allé me coucher.

Chapitre 10

Je me suis réveillé à deux heures.

Ma jambe tremblait de façon incontrôlable, si fort qu'elle agitait tout le lit. Clignant des yeux, je me suis redressé dans le noir. Encore à moitié endormi, j'ai posé la main sur mon genou.

Je ne tremblais pas.

Quelque chose d'autre bougeait. Dans mon lit.

Un bruit s'est soudain fait entendre. Un grattement très similaire à celui qui m'avait réveillé deux jours auparavant.

J'ai tendu le bras pour allumer la lumière.

Ma main a effleuré quelque chose qui s'est évaporé avant que je n'aie eu le temps de l'identifier. Ça me rappelait la fourrure de Kuro en plus rêche.

J'ai allumé la lumière.

Je n'ai rien vu.

Puis j'ai baissé les yeux vers mon lit. Les couvertures formaient une bosse à côté de mon mollet. La bosse *vibrait*.

J'ai très lentement ramené mes jambes vers moi, espérant ne pas déranger ce qui se trouvait là.

Du coin de l'œil, j'ai entrevu un mouvement sous mon bureau. J'ai tourné la tête.

C'était un rat. Un énorme rat qui me regardait de ses yeux brillants. J'ai senti un étau glacé se refermer sur mon estomac. L'idée que je venais d'en toucher un m'a donné envie de courir me laver les mains. L'animal a poussé plusieurs couinements aigus avant de filer à toute vitesse vers ma bibliothèque.

Les genoux pressés contre ma poitrine, je suis resté dos au mur. Je devais agir. Je n'allais pas rester comme ça toute la nuit. Il fallait que je soulève le drap pour être sûr de ce qu'il y avait en dessous.

Le bruit de grattement continuait. Ça venait de quelque part entre l'endroit où se trouvait le coffre dans lequel je rangeais mes vieilles boîtes de jeux et mon poster d'E.T. taille réelle. Ce qui signifiait que ce n'était ni le rat que j'avais vu traverser la chambre ni ce qui se trouvait dans mon lit.

J'ai saisi un coin de la couverture du bout des doigts. Après quelques secondes, je l'ai relâchée sans oser la soulever et j'ai cherché mes chaussures des yeux. Mettre des chaussures me paraissait important. Je ne voulais pas que l'une de ces créatures me touche. J'ai frissonné en imaginant leurs petites pattes griffues sur ma peau nue.

J'ai observé le sol un moment avant de poser un pied par terre. Je me suis précipité vers mes baskets à scratch et je les ai enfilées le plus vite possible.

Maintenant que j'étais debout, j'avais l'impression que le bruit venait de partout. J'aurais juré que des centaines de rats circulaient à l'intérieur des murs, sur le toit, sous le plancher ou peut-être les trois à la fois.

Un autre rat a surgi de dessous mon lit. Je me suis figé.

— C'est lui qui a le plus peur de nous deux, ai-je raisonné à voix haute. À côté de lui, je suis immense.

Ça ne semblait pas poser de problème au rat, qui a foncé droit sur moi en piaillant comme s'il m'ordonnait de déguerpir.

Sans réfléchir, j'ai attrapé la raquette qui prenait la poussière, calée contre mon bureau depuis que j'avais arrêté le tennis. Serrant le manche dans mon poing, j'ai abattu le sommet de la raquette sur le plancher.

Le rat s'est arrêté. Il était très gros. Deux ou trois fois plus gros que les rats de l'animalerie du centre commercial. Son pelage était d'un gris très foncé, quasiment noir. Il était sale. Et la façon dont ses petits yeux brillants me dévisageaient depuis sa tête pointue n'avait rien d'amicale.

Pas de doute : de nous deux, c'était moi qui avais le plus la frousse.

J'ai tapé plus fort sur le sol.

Le rat a reculé et s'est faufilé sous mon lit. J'ai levé les yeux. Les draps étaient bien à plat sur le matelas.

De toute évidence, ce qui se cachait dessous avait filé.

J'ai avancé vers la porte de ma chambre à reculons. Je ne voulais pas tourner le dos aux rats qui se terraient là, dans mon lit, dans la bibliothèque ou ailleurs.

La raquette à la main, j'ai ouvert la porte. Je suis sorti dans le couloir, j'ai allumé la lumière et j'ai refermé derrière moi.

Une petite voix me disait que si les rats avaient réussi à entrer dans ma chambre pendant mon sommeil, ce n'était pas une porte qui allait les empêcher de ressortir. Mais je ne savais pas quoi faire d'autre.

Mes parents ne seraient pas là avant demain après-midi.

Il fallait que j'aille réveiller Sam.

J'espérais qu'il me laisserait dormir dans sa chambre. Ou qu'on pourrait aller chez des voisins. Kuro ne m'avait jamais autant manqué. Il n'aurait sûrement pas pu tuer tous ces rats, mais au moins, il les aurait fait fuir.

Je croyais les entendre ronger l'intérieur de chaque mur. La maison entière semblait couiner. Peut-être que tous ces bruits venaient de ma chambre.

Peut-être que non.

J'ai croisé les bras et j'ai fait quelques pas vers la chambre de Sam. J'avais soudain très froid, dans mon tee-shirt des Lakers.

Le grattement s'est intensifié. On aurait dit des griffes sur le bois. De longues griffes avançant dans ma direction.

Juste derrière moi.

J'ai reconnu ce cliquetis. C'était celui que j'avais entendu dans la cave, le jour où j'avais trouvé de la farine par terre. Mon corps a fait une embardée en avant. Il semblait avoir décidé de se mettre à courir sans prendre la peine de me consulter. J'ai atteint la porte de la chambre de Sam et j'ai regardé derrière moi.

L'un d'entre eux m'avait suivi.

Il était énorme. Pratiquement de la taille d'un chat. Une fois, j'avais vu un reportage sur les rats géants du métro de New-York, qui grimpaient sur les passagers terrifiés en s'agrippant à leurs vêtements.

Je priais pour que celui-là n'ait pas envie d'en faire autant.

Le rat s'est encore approché. Son museau pointu ne cessait de remuer. Il m'observait comme s'il savait que j'avais peur. Et que ça l'amusait.

Je suis entré dans la chambre de mon frère en trombe.

— Sam ! ai-je crié. Sam, réveille-toi, il y a des rats !

Il n'y a eu aucune réaction, pas même un grognement endormi. J'ai cherché l'interrupteur à tâtons. J'ai voulu refermer la porte, au cas où le rat m'aurait suivi. Ensuite, j'ai pensé à ceux qui pouvaient se cacher là, dans le noir de la chambre.

Je continuais d'appeler mon frère, sans aucun résultat. Pourquoi Sam ne répondait-il pas ?

Alors que mes doigts glissaient sur le papier peint, j'ai pensé que les rats avaient dû l'attaquer. Sam n'avait-il pas dit qu'une souris avait arraché un morceau d'oreille à un type ?

Mes doigts ont rencontré l'interrupteur et la lumière s'est allumée avec un déclic.

La chambre était vide. Je me suis souvenu que Sam était chez Aaron.

J'étais tout seul. Avec les rats.

La lumière s'est éteinte. J'ai inutilement pressé l'interrupteur plusieurs fois. Quelque chose m'a frôlé dans le noir. Je suis retourné dans le couloir. Le bruit continuait. J'étais de plus en plus convaincu qu'il venait bien de *partout* dans la maison. Combien de fois avais-je vu des ombres se faufiler d'une pièce à une autre ? Les rongeurs s'installaient sans doute ici depuis des semaines. Des mois. Je me suis mis à courir. J'ai trébuché sur une masse molle et poilue dans l'escalier. La chose a poussé un cri perçant et je suis tombé.

J'ai dévalé les marches la tête la première. Je me suis écrasé en bas de l'escalier, devant la porte de la cuisine. Mon poignet me faisait mal. Un peu sonné, je l'ai plié doucement. Un rat a grimpé sur mon épaule. Sans réfléchir, je l'ai attrapé et je l'ai jeté le plus loin possible. Il a filé sans demander son reste. Nauséeux, je me suis relevé en essuyant mes mains sur mon short. J'avais mal partout.

La lumière du lampadaire qui se trouvait devant la maison filtrait par les fenêtres. Le réfrigérateur et les placards de la cuisine étaient ouverts.

Des ombres s'agitaient sur le sol et j'entendais les rats dévorer leur contenu.

Il n'était pas question que je reste là. Il fallait que je trouve un endroit où aller.

Je suis sorti de la maison. J'étais pieds nus dans mes baskets. En tee-shirt et en short. Une raquette à la main.

C'était décidé : j'irais chez Juan. Il serait toujours temps d'inventer une excuse pour ses parents en arrivant.

Je me suis dépêché de descendre la rue, ignorant mes membres douloureux et les ombres qui traversaient mon champ de vision. Des animaux fouillaient dans les ordures un peu partout. J'aurais voulu avoir un portable. Mes parents refusaient de m'en acheter un à cause des ondes qui donnaient le cancer ou je ne sais pas trop quoi.

Je regardais droit devant moi. Une boule de poils répugnante a déboulé d'un caniveau. Sa queue nue et froide m'a effleuré la jambe et j'ai trébuché sur une poubelle renversée. J'ai avancé de plusieurs foulées chancelantes, un goût métallique dans la bouche. Le sang battait à mes oreilles, si fort qu'il couvrait pratiquement le bruit de ce qui remuait le contenu d'une benne quelques mètres plus loin.

Un autre rat, peut-être.

Je ne me suis pas arrêté. J'avais le sentiment qu'à la seconde où je m'arrêterais, l'ennemi quasi invisible attaquerait.

Pourquoi les gens n'étaient-ils pas déjà dehors ? Ne les entendaient-ils pas ? Ne les voyaient-ils pas ?

Était-il possible que tout ceci ne soit que le fruit de mon imagination ?

Impossible ! hurlait mon cerveau. *Ils sont là.*

Et j'avais le sentiment qu'ils n'étaient pas venus en amis.

Parvenu sur le pas de la porte de la maison de Juan, j'ai pris deux ou trois grandes respirations.

J'ai pressé la main contre ma poitrine, espérant que mon cœur allait arrêter de cogner aussi fort contre ma cage thoracique.

J'étais hors d'haleine et je n'étais pas sûr que j'arriverais à expliquer pourquoi j'étais là. La raquette compliquait encore les choses. Je l'ai jetée dans les massifs d'hortensias. Il faudrait que je pense à la récupérer le lendemain matin.

J'ai appuyé sur la sonnette et j'ai prié pour que quelqu'un réponde.

Chapitre 11

Juan m'a fait face dès que la porte de la chambre s'est refermée derrière lui.

— Alors, qu'est-ce qui se passe en vrai ?

Il est allé s'asseoir sur son lit. J'ai pris place sur le matelas que sa mère avait installé par terre à mon intention.

J'avais finalement raconté aux parents de Juan que Sam était parti à une fête et que j'avais peur seul dans la maison. Ils m'avaient cru sans difficulté. Je n'avais même pas eu à mentir pour expliquer les bleus et les écorchures sur mes genoux et les paumes de mes mains. Après tout, j'étais réellement tombé dans les escaliers.

Juan, lui, me connaissait mieux que ça.

— Il se passe un truc dingue, ai-je dit.

Juan m'a écouté avec attention pendant que je lui relatais l'insistance de Sam pour m'emmener chez Aaron et ce qui s'était passé pendant la nuit.

Les rats.

— Tu penses qu'ils vont venir jusqu'ici ?

Juan s'était adossé contre le mur, feignant la décontraction. Pourtant, même de là où je me trouvais, je distinguais la lueur de panique dans ses yeux.

Je savais que sa phobie des rongeurs ne rendait pas mon histoire plus facile à avaler et j'étais soulagé qu'il ne mette pas ma parole en doute.

— Aucune idée, ai-je dit. C'est possible.

Je me suis levé et je suis allé à la fenêtre. Il faisait sombre dehors. La maison des Sanchez était un peu à l'écart de la route et la lumière des lampadaires n'éclairait pas cette partie du jardin. Tout paraissait tranquille. Je n'avais rien vu ni entendu d'inhabituel depuis que j'étais arrivé.

J'ai observé un instant la grange qui s'élevait à quelques mètres. C'était à cet endroit que j'avais vu une ombre pour la première fois. Aucun rat ne montrait le bout de sa queue pour le moment, mais ils étaient là. Tapis dans le noir.

— Ça fait des semaines que je vois des ombres se faufiler partout, ai-je dit. Alors, pourquoi est-ce qu'ils sortent ce soir ?

Juan a tiqué.

— Ce n'était peut-être que chez toi, a-t-il hasardé. Ça arrive que des rats s'installent dans une maison.

— Non. Ce n'est pas ça.

J'ignorais pourquoi, mais j'étais persuadé qu'il s'agissait d'autre chose. Les rats étaient venus. Ils s'étaient installés et ils avaient *attendu*. À présent, ils sortaient de leurs cachettes.

Au milieu des ombres épaisses qui assombrissaient le jardin des Sanchez, j'ai aperçu une forme grise qui traversait le perron.

J'en avais observé dans toute la ville. Ils se promenaient dans les rues comme s'ils n'avaient rien à craindre de personne.

Ce qui était le cas, puisqu'il n'y avait plus de chat pour les attraper.

Cette révélation m'a frappé d'un coup.

J'avais vu deux des garçons qui traînaient avec Aaron jeter un chat dans une poubelle. D'après la conversation qu'ils avaient eue à ce moment-là, ils l'avaient déjà fait. À la demande d'Aaron. Et du fait de la disparition des chats, les rats sortaient à présent en toute tranquillité.

Ce soir, mon frère et les autres étaient chez Aaron. Pendant que les rats envahissaient la ville.

J'ai fait part de mes réflexions à Juan. Il a paru encore plus perdu que moi.

Il a sorti son portable de sa poche.

— Pour moi, c'est soit des aliens déguisés en rats qui viennent prendre le contrôle de la Terre, soit le résultat d'une expérience ratée où des bêtes mutantes se sont enfuies d'un laboratoire militaire.

J'avais pensé à la même chose. Décidément, nous regardions trop de films d'horreur.

— Sara, elle, elle aura sûrement une idée, a-t-il ajouté d'un ton rassurant. Elle sait toujours tout sur tout.

— Sara ?

J'ai regardé le portable.

— Tu ne vas pas l'appeler ! Ses parents vont te tuer si tu les réveilles à cette heure-ci. En plus, ils ne voudront jamais te la passer.

Les parents de Sara étaient très à cheval sur les horaires. Je pense que même si j'avais été en train de me vider de mon sang dans une ruelle sombre, ils m'auraient raccroché au nez en me disant de rappeler à une heure décente.

— Bah non. Je l'appelle sur son portable, a dit Juan.

— Un portable ? Depuis quand elle en a un ?

— La semaine dernière.

Juan a pressé une touche plusieurs fois avant d'approcher l'appareil de son oreille. Il m'a fait signe de m'asseoir près de lui.

— Je croyais que ses parents étaient contre, ai-je insisté.

— Ils l'étaient, a dit Juan. Mais maintenant, ils divorcent. Je te parie qu'ils ont cru que le portable la consolerait.

— Quoi ?

Penché vers le téléphone, j'ai écouté la tonalité.

Les parents de Sara divorçaient ? C'était donc ça, ce dont elle n'avait pas voulu me parler au centre commercial ?

Pourquoi l'avait-elle dit à Juan et pas à moi ?

J'ai entendu faiblement la voix de Sara. Son répondeur.

— Rah, décroche ! a râlé Juan.

Il a raccroché et a rappelé aussitôt.

— Elle va bien finir par se réveiller ! T'en fais pas, elle m'a rien dit non plus pour le divorce, a-t-il ajouté, un peu gêné. Sa mère a tout raconté à la mienne.

Juan a appelé une troisième fois. Je commençais à penser que Sara avait mis son portable sur silencieux avant de dormir. C'était bien son genre.

— Allô, a enfin répondu une voix ensommeillée.

— Ah !

Juan a tourné le téléphone pour que je puisse entendre aussi.

— Juan ? J'espère que tu as une bonne excuse. Si tu m'as réveillée pour rien, je viens t'étrangler à la première heure demain !

— T'énerve pas, c'est une urgence, a-t-il dit.

— Je t'écoute.

Juan m'a passé le téléphone et je lui ai tout raconté. Plus j'en parlais, plus mon histoire me paraissait irréelle. Je ne me serais pas cru moi-même

— Vous ne vous moquez pas de moi ? a demandé Sara d'un ton méfiant. C'est pas encore une de vos blagues débiles comme quand vous avez essayé de me faire croire que Juan était possédé par un visiteur de la planète Gamma 13 ?

— Tu avais marché, est intervenu Juan. C'était classique !

— C'est pour de vrai, suis-je intervenu. On ne se moque pas de toi.

Sara a soupiré.

— OK, très bien. Pourquoi vous m'appelez ? En admettant qu'il y ait des rats partout, il suffit d'attendre demain. Les gens appelleront des dératiseurs qui régleront le problème.

— Ce qu'il y a, c'est que les rats sont sortis ce soir, ai-je insisté. Sam tenait beaucoup à ce que j'aille chez Aaron. Et je pense qu'Aaron...

Il y a eu un bruissement. Les draps de Sara, sans doute.

— Attends une seconde, j'allume la lumière, m'a-t-elle coupé. J'ai l'impression qu'on en a encore pour un moment.

Puis il n'y a plus eu que le silence pendant une vingtaine de secondes.

— Sara ? ai-je appelé. Sara, tu m'entends ?

— Elle a dû se perdre, a dit Juan. C'est dur de retrouver sa lampe de chevet sans carte.

Sara a repris le combiné. Elle respirait étrangement. Vite et fort.

— Je te crois, a-t-elle dit d'une voix étranglée.

— Quoi ?

— Ils sont là, a-t-elle dit.

Sa voix était si paniquée que j'avais du mal à la reconnaître.

— Dans ta chambre ? Combien ?

— Dans sa chambre ? Des rats ? a chuchoté Juan.

Il a balayé la sienne du regard, semblant prêt à fuir à toutes jambes au moindre signe de rongeur.

— J'en sais rien, a dit Sara. Il y en a un devant ma commode. Il n'est pas normal. Je m'y connais en rats, et celui-là, il est beaucoup trop gros. Il est en train de manger... Il... Ce sont mes chaussures préférées !

Il y a eu un bruissement et un choc sourd. Telle que je connaissais Sara, elle avait dû jeter un livre sur l'animal.

Elle ne plaisantait pas quand il s'agissait de chaussures.

— Sara ? Il faut que tu sortes de là, ai-je dit. Si tu en vois un, il doit y en avoir d'autres.

— Pour aller où ? Et mes parents ? Je ne vais pas les laisser avec des rats mutants !

— Il n'y en a peut-être que dans ta chambre, ai-je suggéré. Par où ils ont pu rentrer ?

— Ma fenêtre est ouverte. Mais un rat peut se glisser dans une maison par les toilettes, les conduits d'aération... N'importe quelle ouverture, en fait. Un rat normal passe par un trou d'un centimètre.

— Sérieux ? s'est étranglé Juan. Tu veux dire qu'ils sont capables d'entrer partout ?

— En gros oui, a répondu Sara. Et ces rats...

J'ai entendu un autre choc sourd. Sara devait avoir lancé autre chose.

— Ils sont plusieurs, a-t-elle dit. Ne raccrochez pas. Je vais chercher mes parents.

— Pour qu'ils fassent quoi ? ai-je demandé. Ça ne servira à rien.

— Tu suggères quoi ?

Sara chuchotait, à présent. J'ai pensé qu'elle avait dû quitter sa chambre.

— Tu es où ?

— Dans le couloir.

Elle a soudain poussé un cri étouffé, comme si elle avait plaqué sa main contre sa bouche.

— Sara ? Ça va ?

— Ils ne sont pas normaux, a-t-elle répété. La façon dont ils me regardent. Je...

Elle a poussé un autre cri et je n'ai plus entendu que des bruits confus.

— Sara ? Sara ?

Juan m'a pris le téléphone et l'a plaqué contre son oreille. Il avait l'air malade.

— Qu'est-ce qu'elle fout ? Ce ne sont que des rats. Ils n'ont pas pu l'attaquer. Hein ?

Je me suis collé contre Juan pour écouter aussi.

— Je suis là, a enfin dit la voix entrecoupée de Sara. J'arrive.

— Qu'est-ce qui s'est passé ? a demandé Juan.

— Il s'est jeté sur moi, a dit Sara d'une voix tremblante. Il m'a mordu et... Je crois qu'il est toujours derrière moi.

Juan et moi nous sommes regardés.

— Quoi ? Un rat ? Où est-ce que tu es ?

— Dehors, a haleté Sara. Tu avais raison, il faut faire quelque chose, ces rats sont trop bizarres. Ah !

Il y a eu des bruits indistincts. Des cris ? Ils étaient trop éloignés pour venir de Sara.

— Sara ? a appelé Juan.

— Ça va, a-t-elle dit. Les gens commencent à sortir de chez eux. Écoutez, je ne peux pas parler maintenant. Je vous rappellerai quand je serai arrivée pour que vous m'ouvriez. Tom avait raison, tout ça a peut-être un rapport avec Aaron.

— Comment ça pourrait en avoir un ? a demandé Juan.

— Tu connais l'histoire du joueur de flûte de Hamelin ?

— Le gars qui contrôle des rats avec une flûte ? Ne me dis pas que tu crois à un truc pareil ?

— Pourquoi pas ? Il y a des rats géants sortis de nulle part qui attaquent les gens et les membres de l'équipe de foot se débarrassent des chats. Ça ne peut pas être un hasard. Alors essayez de trouver quelque chose sur Aaron ! De toute façon, on n'a aucune autre piste.

— Comment tu veux qu'on fasse ? a protesté Juan.

— J'en sais rien. Regardez sur Internet !

— Tu rigoles ? Tu crois qu'il tient un blog sur sa dure vie de maître des rats ?

Elle a raccroché.

Juan a reposé le téléphone sur le lit.

— Je déteste quand elle me donne des ordres.

J'ai fait de mon mieux pour sourire.

— T'as entendu le chef : il faut qu'on fasse une recherche sur Aaron.

Juan est allé allumer son ordinateur et s'est assis devant. J'ai pris une chaise et je me suis installé à côté de lui.

— Tu connais son nom de famille ?

J'ai grimacé.

— Non.

— Je ne veux pas me montrer défaitiste, mais je crois pas que taper « Aaron » va donner grand-chose.

J'ai réfléchi un instant. Bien sûr, il était possible que les rats n'aient aucun rapport avec lui. Ce n'était qu'une hypothèse lancée en l'air. Cependant, il n'y avait plus de chats et il faisait descendre de la viande crue dans sa cave. Une cave dont des membres de l'équipe de football étaient sortis ensanglantés.

Les ombres étaient apparues après son arrivée en ville.

La réaction de Kuro quand il l'avait vu à la maison m'est soudain revenue en mémoire. Il avait réagi comme si Aaron était un animal dangereux. Aaron qui était bon au football et qui n'avait pas de parents.

— La caisse ! me suis-je soudain exclamé. La voisine a dit qu'elle venait du Pérou. Alors Aaron aussi !

— D'accord, a dit Juan. Mais je ne suis pas sûr que taper « Aaron » et « Pérou » améliore beaucoup la situation.

— Non, ai-je dit. Pas « Aaron ». Ce sont les rats qui comptent. Regarde s'il y a eu un problème avec des rats au Pérou récemment.

Juan a essayé toutes les combinaisons qui nous venaient à l'esprit dans le moteur de recherche. On a fini par trouver un article. C'était juste un entrefilet dans une chronique de faits divers internationaux.

Au Pérou, quelques mois auparavant, un village avait été ravagé par un incendie. D'après l'article, il aurait été déclenché par des villageois qui essayaient de se débarrasser de rats. Ils les avaient attirés dans de grandes bassines contenant de la nourriture avant d'y mettre le feu. L'incendie s'était propagé de façon incontrôlable.

Il ne restait rien du village.

Rien ni personne. On avait par la suite retrouvé les corps calcinés de dizaines d'énormes rats. Certains atteignaient plus d'un mètre de longueur. Les autorités avaient déclaré qu'il s'agissait probablement d'une espèce de rats géants vivant dans la forêt amazonienne. La destruction de la forêt aurait poussé ces rats à sortir et à attaquer la population, à la recherche de nourriture. C'était déjà arrivé à une centaine de kilomètres de là six mois avant.

Nous avons fait une recherche sur l'autre village. L'article relatait des événements similaires. L'un des journalistes rapprochait l'incident d'un mouvement de panique lié à l'infestation d'un village au Brésil quelques semaines plus tôt.

Après une vingtaine de minutes, nous avions trouvé six cas. Peut-être sept. Le dernier article venait d'un site bolivien et, malgré ses origines, Juan était aussi nul que moi en espagnol.

Toutes les affaires s'étaient mal terminées.

— On n'est pas à côté de la forêt amazonienne, a dit Juan d'un ton rassurant.

— Non. Mais Aaron a une jambe brûlée. Et il est arrivé du Pérou avec une énorme caisse en bois.

— Tu crois... Tu crois qu'il aurait fait venir des *rats* du Pérou ? Comment il aurait fait pour que personne ne s'en aperçoive ? Je pensais qu'il y avait des contrôles sur les trucs qu'on mettait dans les bateaux... comment ils auraient pu rater des rats ?

— Qu'est-ce que j'en sais ? Ici, personne ne les a remarqués alors que je vois des ombres partout depuis un moment. Peut-être qu'Aaron est vraiment le joueur de flûte de Hamelin et qu'il a des pouvoirs qui l'aident à voyager à travers le monde avec ses rats !

— Comme dans *Star Wars* ?

— Il n'y a pas de rats, dans *Star Wars* !

— Non, je veux dire, pour les pouvoirs. Tu sais : « Vous n'avez pas vu passer de Jedi et vous allez rentrer chez vous pour repenser à votre vie », a déclaré Juan d'une voix soudain grave.

— Possible. En fait, ça expliquerait pourquoi les membres de l'équipe de foot restent avec Aaron. Il doit manipuler leur esprit, ai-je dit avec une excitation croissante.

— Mais pourquoi toi tu les as vus ? Personne d'autre n'a eu l'air de rien remarquer.

— J'en sais rien. Peut-être que tout le monde a vu des rats sans y prêter attention. Il y en avait déjà quelques-uns en ville au départ. Et puis, je n'ai repéré que leurs ombres. Je ne m'y serais même pas intéressé si Kuro n'avait pas été aussi bizarre avec Aaron et si je n'avais pas trouvé la farine dans la cave. Je n'avais pas compris que c'était des rats avant ce soir.

Tout se bousculait dans ma tête. Oui, peut-être que tout le monde avait vu des ombres. Les adultes avaient dû se dire que ce n'était qu'une illusion d'optique ou simplement une souris qui passait, et ils n'y avaient sans doute plus pensé par la suite. Si des enfants en avaient parlé, il était probable que personne ne les avait crus.

J'ai jeté un coup d'œil vers la fenêtre, sans rien distinguer d'autre que le ciel noir et la cime de l'un des arbres du jardin des Sanchez. Il me semblait entendre des bruits venir du dehors, trop faibles pour que je parvienne à distinguer de quoi il s'agissait.

Je n'avais aucune preuve, pourtant j'étais certain qu'Aaron était derrière tout ça. Est-ce que ce qui était arrivé dans ces pays d'Amérique du Sud risquait de se produire ici ?

J'ai encore passé les articles en revue au cas où un détail nous aurait échappé.

— C'est toujours la même chose, ai-je constaté.

— Quoi ?

Je suis revenu en arrière.

— Regarde. À chaque fois, les rats sont apparus sans prévenir, quelque temps après il y a eu un incendie et on a retrouvé des cadavres de rats.

Ce n'était pas juste une coïncidence. Que se passait-il ? Une simple invasion de rats ou quelque chose d'autre ? Quelque chose de pire, qui pouvait détruire tout un village.

— Ils disent qu'il n'y a eu aucun survivant, a remarqué Juan. Comment Aaron s'en serait sorti ?

— S'il contrôle les rats, il a pu partir avant l'arrivée de la police et des pompiers. C'est peut-être même lui qui a mis le feu pour détruire les preuves.

Juan m'a dévisagé.

— Ouah, c'est tellement intelligent qu'on croirait que tu es possédé par Sara !

Ce n'était pas un mince compliment. Je commençais à avoir trop mal au ventre pour m'en réjouir.

Qu'est-ce que je devais faire ? Sam était-il au courant de ce qui se passait ? Avait-il aidé Aaron ? Tué des chats et nourri des rats monstrueux à la viande crue ?

Sam qui était avec Aaron. Aaron qui était sans doute l'unique survivant de son village.

Je me suis levé.

— Il faut qu'on aille chercher Sam.

— Tu veux sortir alors que ça grouille de rats dehors ? T'es pas bien !

L'idée ne me plaisait pas non plus. Cependant, je n'en avais pas de rechange.

— Je ne sais pas ce qu'Aaron fabrique, mais je ne vais pas le laisser faire du mal à mon frère.

Juan paraissait pétrifié sur sa chaise.

— De toute façon, ils sont en train d'envahir la ville : ils seront bientôt là. Qu'on reste ou qu'on sorte, ça ne changera rien. Il y en a sûrement déjà dans la maison. Tu as entendu Sara, ils passent par un trou d'un centimètre.

J'ai ouvert l'armoire de Juan.

— Tu n'es pas obligé de venir, ai-je dit. Je comprends que t'aies la frousse. Par contre, je t'emprunte des vêtements. Si des rats doivent me grimper dessus, je préfère être en pantalon.

Juan est resté sur sa chaise sans un mot. La sonnerie de son portable a retenti au moment où j'enfilais mes chaussures.

— Ça doit être Sara. Je lui ouvre en partant, ai-je dit.

Je lui ai fait un signe de la main et je suis sorti de la chambre. J'étais loin d'être aussi sûr de moi que j'aurais voulu. Mais je devais agir avant qu'il ne soit trop tard.

J'ai rejoint la porte d'entrée sans chercher à savoir s'il y avait des rats dans la maison. Ce n'était pas comme si je pouvais y faire quoi que ce soit.

Sara était sur le seuil, les joues rouges d'avoir couru. Elle avait visiblement pris le temps d'attraper des vêtements avant de sortir, parce qu'elle n'était pas en pyjamas. Sa jambe droite était barrée d'une large griffure et une plaie saignait au-dessus de sa cheville.

Là où elle avait été mordue par le rat qui l'avait attaquée dans la maison.

— Ça va ? ai-je demandé.

Elle a haussé les épaules. Puis elle a regardé ma tenue.

— Je sors, ai-je expliqué.

— Sortir ? Ils sont partout ! J'ai vu des gens partir en voiture. Des habitants dorment encore, mais si ça continue, la panique va gagner toute la ville. Je crois qu'on ferait mieux de se barricader à l'intérieur.

— En attendant quoi ? ai-je demandé.

Au loin s'élevait un brouhaha indistinct. D'un coup, j'ai senti une présence derrière moi.

— Je viens, ai-je entendu dans mon dos. J'ai changé d'avis.

— Tu t'y mets aussi ? a dit Sara d'une voix aiguë. Tu sais ce qu'il y a dehors ?

Juan a grincé des dents.

— Oui, je suis au courant. Écoute, on va chez Aaron. Son frangin y est et il faut qu'on le sorte de là. On a trouvé des trucs sur le Pérou. Apparemment, il y a déjà eu des problèmes de rats. Un paquet de fois. Et ça s'est fini de façon très moche.

— Il faut qu'on intervienne, ai-je dit. Si c'est Aaron qui les contrôle, on doit l'arrêter avant qu'il arrive quelque chose d'horrible.

— Je donnerais ma collection de figurines *Spiderman* pour que ce ne soit pas vrai, mais personne d'autre ne soupçonne Aaron, a dit Juan. Personne ne nous croira si on essaye de le dénoncer.

— Vous êtes sûrs de votre coup ? a dit Sara. Parce que c'est plutôt tordu comme histoire.

— Non, ai-je avoué.

— Allons-y, a dit Sara, l'air résigné.

J'ai pris la tête de l'expédition, feignant de savoir ce que je faisais.

Conformément à ce à quoi je m'attendais, des quartiers entiers de la ville grouillaient de rats. La plupart d'entre eux fouillaient les poubelles ou rongeaient les ordures laissées sur le bas-côté de la route. Au moins, tant qu'ils étaient occupés par la nourriture, ils ne nous prêtaient pas attention.

De plus en plus de gens étaient réveillés et cherchaient à faire fuir les rongeurs entrés dans leur maison. À mi-chemin, un homme a surgi de chez lui tel un diable bondissant hors de sa boîte. Son visage était en sang.

Je me suis mis à courir.

Quelque chose me disait que le pire était encore à venir.

Chapitre 12

Je ne sais pas exactement combien de temps il nous a fallu pour atteindre la maison d'Aaron, mais ça m'a paru une éternité.

Nous avions été suivis par quelques rats, mais ils s'étaient tous lassés assez vite. Je supposais que nous n'étions pas très intéressants, comparés à des sacs poubelles à éventrer et des cuisines à dévaliser.

Je me suis arrêté devant la benne à ordures derrière laquelle nous nous étions cachés lorsque nous avions suivi mon frère jusque chez Aaron. Elle était ouverte et j'entendais quelque chose bouger à l'intérieur.

Je n'étais pas près de remettre la main dedans.

Un bruit particulièrement fort a résonné, et Juan a reculé d'un pas.

— Comment ils peuvent être aussi nombreux ? Ça ne fait que deux ou trois mois qu'Aaron est là...

— Un rat se reproduit au bout d'environ deux mois. Il peut avoir une vingtaine de petits en trois semaines. En deux mois, ça fait un paquet de rats, a dit Sara. C'est toujours comme ça avec les rongeurs : on ne les voit pas, jusqu'au moment où il y en a partout. Ils sont beaucoup et ils ont faim, c'est pour ça qu'ils sortent tous au même moment.

— Comment tu sais autant de choses sur ces bestioles ? a chuchoté Juan.

Il semblait presque avoir peur que les rats nous entendent. L'un d'entre eux avait planté ses dents dans sa chaussure un peu plus tôt, emportant la moitié d'un scratch avec lui. Je crois que Juan ne s'était pas encore remis du choc. Il n'arrêtait pas de jeter des coups d'œil paranoïaques vers le sol.

— J'en voulais un l'année dernière, a expliqué Sara. Mais mes parents ne m'ont pas laissée l'acheter.

— T'en voulais un ? a dit Juan, sans cacher son horreur.

— Eh bien, si c'est toujours le cas, maintenant tu n'as plus qu'à te baisser, ai-je essayé de plaisanter.

Sara a esquissé un pâle sourire.

— Qu'est-ce qu'on fait ? On ne va pas sonner à la porte !

Je me suis résolument approché de la maison.

— Il faut que je fasse sortir Sam de là, c'est tout.

— Et s'il est avec eux ? a demandé Sara d'une petite voix.

— Pourquoi ne pas lui poser la question directement ?

J'ai fait volte-face. Aaron se tenait à l'angle de la bâtisse.

J'ai serré les poings.

— Rends-moi mon frère, ai-je dit.

— Te le rendre ?

Aaron s'est mis à rire.

— Sam est là de son plein gré. On fait une fête, tu te souviens ? Je crois qu'il t'a proposé de venir.

Il y avait une lueur inquiétante dans les yeux verts d'Aaron. Ma bouche était soudain sèche. J'ai essayé de ne pas me laisser démonter.

— On sait qui tu es, ai-je dit. On sait que ce qui se passe ici est de ta faute !

Aaron s'est approché. Il souriait toujours.

— De ma faute ? De quoi tu parles ?

Il a dévisagé tour à tour Sara et Juan. Derrière lui, j'ai vu un énorme rat filer dans les fourrés.

— Les rats, ai-je dit. On est au courant pour le Pérou.

Aaron a arrêté de sourire.

Tout d'un coup, il était vraiment effrayant. Il m'a dépassé d'un pas brusque et il a ouvert la porte d'entrée en grand.

— Allez-y, a-t-il dit. Allez donc parler à Sam.

Je suis entré sans me faire prier. Pourtant, quand Aaron a pénétré dans la maison à notre suite et a refermé la porte, j'ai eu le sentiment que je venais de faire une très grosse bêtise.

Vu la tête qu'ils faisaient, c'était aussi l'avis de Juan et de Sara.

J'ai avancé jusqu'à la pièce dans laquelle j'avais vu la trappe.

La maison semblait déserte.

— Qu'est-ce que tu as fait de mon frère ?

Aaron a secoué la tête.

— Rien du tout. Moi, je n'ai rien fait à personne.

— Alors, où est-ce qu'il est ?

Aaron a indiqué la trappe du doigt.

— Ils sont en bas. Descendez.

Juan n'a pas dit un mot. J'ai trouvé préoccupant qu'il n'essaye pas de protester. Il devait être terrifié. J'ai jeté un coup d'œil à Sara. Elle mordillait sa lèvre inférieure, regardant la trappe comme si elle s'attendait à ce qu'elle l'attaque.

— Après toi, ai-je dit à Aaron.

Je n'avais pas le choix. Je devais sauver Sam, c'était mon frère.

— Comme tu veux, a répondu Aaron.

Il s'est baissé pour ouvrir la trappe. Des marches de bois se perdaient dans l'obscurité.

— Il n'y a pas de lumière ? a demandé Juan.

J'admirais le fait que sa voix ne tremblait presque pas. Pourtant, je savais qu'il était en train d'imaginer tout ce qui pouvait se trouver en bas des marches, dans le noir.

— Si, a dit Aaron. Ils ont dû fermer la porte.

Il a commencé à descendre l'escalier. J'ai respiré à fond et je l'ai suivi, Juan et Sara sur mes talons.

Après une dizaine de marches, j'ai perçu un bruit très léger.

— Arrêtez-vous ! a commandé Sara. Vous entendez ?

Je me suis immobilisé. Aaron aussi.

Le bruit était à la limite de l'audible. Furtif et pourtant bien là.

Un trottinement.

J'espérais que c'était mon imagination, mais j'aurais juré avoir entendu des pattes sur le sol de la cave. Des milliers de pattes.

— Est-ce que c'est ce que je crois ? a demandé Juan d'une voix étranglée.

Aaron a éclaté de rire.

Il s'est remis à marcher. Je l'ai suivi.

Nous sommes tous les quatre arrivés en bas de l'escalier. Nous étions dans une petite pièce sombre dans laquelle se trouvait une unique porte. Je parvenais à peine à la distinguer dans cette obscurité.

— Je n'entends plus rien, a dit Sara.

— Moi non plus, a dit Juan. Mais qu'est-ce que ça pue !

J'étais d'accord avec lui, l'odeur était horrible. Une odeur de moisi et de décomposition. J'ai eu un haut-le-cœur.

Ça devait venir de l'autre côté de la porte.

Aaron a fait un pas. Sara a soudain poussé un cri qui ressemblait étrangement à un couinement.

C'est alors que je les ai vus. Des dizaines de petits yeux brillaient tout autour de nous. Peut-être des centaines.

Nous étions encerclés.

Silencieux, les rats nous observaient.

Le visage de Juan s'est tordu dans une grimace horrifiée.

— D'où ils sortent ? La pièce était vide il y a une seconde.

— Des murs, a répondu Aaron. Il y a pas mal de trous et un rat est capable de se glisser partout. C'est un animal très souple.

Il n'aurait jamais été aussi calme s'il n'avait pas déjà été au courant de la présence des rongeurs. J'ai avalé ma salive, priant pour réussir à articuler normalement. Je ne pensais pas que le laisser voir la peur qui palpitait au fond de mon estomac allait nous aider à sortir de là.

— Alors, c'était vraiment toi. Ce village, au Pérou...

— Eh ? Où tu as entendu parler de ça ?

Je n'avais pas besoin de voir le visage d'Aaron pour savoir qu'il souriait de toutes ses dents.

— Sur Internet, ai-je dit. On a compris à cause des chats. Parce que c'est toi qui as dit aux membres de l'équipe de foot de les faire disparaître. Il paraît que tu viens du Pérou, alors on a cherché s'il y avait eu un problème avec des rats là-bas. C'est le cas. Les villages attaqués par les rats ont brûlé, et tu as une brûlure sur la jambe.

— Ne pas laisser de trace est essentiel, a dit Aaron. Tu es plus intelligent que ton frère le croyait, finalement.

J'avais pensé qu'en découvrant qu'il était démasqué il perdrait de son assurance. Au lieu de cela, il semblait ravi.

Cela ne pouvait signifier qu'une seule chose : il n'était pas prévu que l'un d'entre nous remonte à la surface.

J'ai regardé par-dessus mon épaule. Les rats s'étaient rassemblés devant l'escalier. Je distinguais leurs yeux brillants comme des billes de verre et la masse sombre de leurs corps formant une barrière infranchissable.

Ils semblaient énormes.

— Qu'est-ce qu'on fait, maintenant ? ai-je demandé.

— Eh bien, vous êtes venus chercher ton frère, non ? En profiter pour me saluer est la moindre des politesses. Vous êtes chez moi, après tout.

Le saluer ?

Sara et moi avons échangé un regard inquiet. Je ne comprenais pas ce qu'il voulait dire, mais à mon avis ça n'annonçait rien de bon.

Aaron a ouvert la porte.

L'autre pièce était éclairée, elle, mais ce n'était pas une lumière très puissante. En levant les yeux, je me suis aperçu que l'ampoule qui pendait du plafond avait été recouverte d'un morceau de tissu grisâtre.

Aaron m'a fait signe de passer devant.

— Vas-y. Notre petite fête est juste à côté.

Juan m'a attrapé par le bras.

— On ferait mieux de remonter, a-t-il dit. Je la sens pas cette cave.

J'ai soutenu le regard d'Aaron quelques secondes.

— J'y vais, ai-je dit. Toi, tu peux remonter, si tu veux.

— Bien sûr, a dit Aaron. Enfin, s'ils le laissent passer.

Je me suis retourné. À présent que la lumière filtrait dans l'escalier, on distinguait clairement les rats qui s'y étaient regroupés. Le plus répugnant était leurs queues épaisses qui se tortillaient sur le sol. On aurait dit de gros vers grisâtres.

Un frisson m'a parcouru l'échine.

Je me suis avancé dans la seconde pièce. Depuis la porte, je ne voyais que le mur qui me faisait face.

Mais la salle s'élargissait en une spacieuse cave sur ma droite. Là où ils se trouvaient tous.

Mon frère, les membres de l'équipe de foot, et autre chose.

Une chose énorme et grise dont le museau était enfoncé dans un plat de viande crue. À notre approche, elle a relevé la tête et a poussé un couinement sinistre.

J'ai fait un pas de côté. Quelque chose a craqué sous ma chaussure. J'ai jeté un coup d'œil à mes pieds.

C'étaient des os.

Je m'en suis écarté d'un bond.

Juan a hoqueté de terreur derrière moi.

Des os. Des os de quoi ? De chat, de viande achetée au supermarché, ou pire encore ? J'étais incapable de le dire.

— Oh mon dieu ! a dit Sara. Est-ce que c'est... un rat ?

Le rat a tourné son énorme tête vers elle. Sa queue s'agitait impatiemment. Il avait des yeux d'un blanc laiteux et le poil crasseux de son museau était barré d'une cicatrice rosâtre. Aaron a rejoint mon frère et les autres. Aucun d'entre eux ne semblait le moins du monde gêné par la présence du monstre.

J'ai observé Sam. Mon frère n'était pas une poule mouillée, mais je ne voyais pas qui aurait pu garder son sang-froid dans cette situation.

Sam m'a regardé à son tour.

— Alors, Tom Pouce, tu es venu, finalement. Avec des amis, en plus. Bah, tu sais ce qu'on dit : plus on est de fous...

J'ai reculé d'un pas sans cesser de le dévisager.

— Il est aveugle, a sifflé Sara à mon oreille. Le rat, il est aveugle !

Surpris par son intervention, j'ai reporté mon attention sur le rat. Sur les yeux d'un blanc sale qui saillaient de chaque côté de son crâne pointu.

— C'est exact, a dit Aaron. Aaron a fait une petite erreur en allumant le dernier incendie et le voyage n'a rien arrangé. Il a fallu des semaines dans cette cave pour guérir ces blessures. Et sans yeux, impossible de chasser. Heureusement, tout cela est terminé. Je commençais à me lasser de la viande froide.

Juan s'est rapproché de moi.

— Il est dingue. Il parle comme si...

— Comme s'il était le rat, ai-je complété.

Ils ont tous souri.

Tous. Aaron, mon frère et les membres de l'équipe de football.

Je n'aurais pas su expliquer en quoi, mais le sourire de Sam ne ressemblait *pas* à Sam. On aurait dit une autre personne. Il a frotté son bras du plat de la main. La plaie qui se cachait sous la gaze devait le démanger.

Chacun des membres de son équipe avait le bras bandé. Je me suis souvenu des deux garçons que j'avais vus remonter par la trappe, le bras ensanglanté.

D'un coup, ça m'a semblé évident : la plaie sur le bras de Sam ressemblait à une morsure. Une morsure de rat géant.

— Allez, ne fais pas cette tête, Tommy ! Ce n'est pas si terrible, a dit Sam. Si tu m'avais suivi dès le début, on n'en serait pas là.

Ce sourire n'était pas le sourire de Sam.

Sam ne se serait pas tenu à la droite d'un rat monstrueux en me parlant de cette façon.

Ce n'était *pas* Sam.

— Qui êtes-vous ? ai-je demandé. Vous n'êtes pas mon frère.

— Qu'est-ce que tu racontes, a dit Juan. Il a l'air barré, mais c'est lui. On pourrait penser qu'après toutes ces années, tu commencerais à reconnaître ton propre frère, a-t-il essayé de plaisanter.

Son rire tremblait.

— Non, ai-je dit. Ce n'est pas Sam.

— Tu es vraiment plus malin que Sam ne le pensait, a dit Aaron. Il croyait que tu ne t'en rendrais jamais compte.

Les garçons souriaient toujours. La gueule grise et maculée de sang du rat semblait sourire elle aussi.

Je me suis tourné vers Aaron, furieux.

— C'est toi ! Qu'est-ce que tu as fait à mon frère ?

D'un coup, une horrible idée m'est venue à l'esprit.

— Tu le contrôles, c'est ça ?

Le sourire d'Aaron s'est élargi.

— Oh, ça fait longtemps qu'Aaron ne contrôle plus rien, a-t-il dit. Mais il est bien utile. Sans lui, je n'aurais jamais pu quitter le Pérou. Encore moins guérir de mes blessures, et trouver autant de corps pour me débarrasser des chasseurs.

Des chasseurs ? Je me suis demandé s'il parlait des chats ou d'autre chose. Sara a reculé, épouvantée.

— Ce n'est pas Aaron qui contrôle le rat. C'est le rat qui contrôle Aaron. On s'est trompés, ce n'est pas du tout le joueur de flûte de Hamelin. Le rat les contrôle tous. Il s'est servi d'eux pour se nourrir et tuer les chats parce qu'il est trop faible pour sortir.

Le rat a avancé d'un pas. Il a posé sa patte monstrueuse devant lui. Ses griffes étaient longues et jaunes.

— Vous allez nous manger ? a demandé Juan.

Le rat a couiné et sa queue a fouetté l'air. Elle était si épaisse qu'elle ressemblait à une grosse corde torsadée.

— Si tu avais écouté ton frère, je t'aurais laissé nous rejoindre, a dit Aaron. Dans mon état, j'ai besoin d'autant d'yeux et de corps que possible. Mais tu n'en as fait qu'à ta tête, petit Tom. Tu ne peux t'en prendre qu'à toi-même.

— Il va vraiment nous manger ! Il faut qu'on se tire ! a sifflé Juan d'une voix blanche.

J'étais d'accord avec lui. Néanmoins, je ne pensais pas qu'Aaron nous laisserait sortir.

Par réflexe, j'ai regardé autour de moi à la recherche d'une arme. La cave ne contenait pas de meubles. Il y avait des os un peu partout, reliques des repas du rat, et un énorme tas de tissus grisâtre et poussiéreux dans un coin.

Un tas de tissus qui remuait.

Une créature sans poils aux yeux clos en a émergé un instant avant de disparaître.

C'était un nid.

D'un coup j'ai tout compris. Ce qui se trouvait devant nous n'était pas un rat. C'était une *rate*. La reine d'une ruche était toujours l'abeille la plus grosse. Aaron n'avait fait venir qu'un seul rat dans la grosse caisse en bois. La mère des premiers rats qui s'étaient ensuite reproduits dans toute la ville, pillant caves et greniers.

Mes yeux se sont de nouveau posés sur le nid informe et j'ai frissonné d'horreur à la pensée de ce qui s'agitait à l'intérieur.

Aaron s'est approché de moi et m'a tapoté l'épaule. L'espace d'un instant, j'ai vu le visage de mon frère se décomposer. Il a tendu la main vers moi. Puis il est redevenu impassible. Sam était là, quelque part derrière le rat, mais il n'arrivait pas à se libérer de son influence. Je me demandais depuis combien de temps celui avec lequel je déjeunais tous les jours n'était plus mon frère. Je ne m'étais douté de rien.

— Cette petite conversation a assez duré. Nous allons vous laisser, a dit Aaron. Cela fait longtemps que je n'ai pas eu un vrai repas.

Je n'ai pas immédiatement compris qui « nous » était censé désigner. Il était devenu difficile de faire la part entre lui et la créature. Puis lui et les autres garçons sont passés devant nous pour rejoindre l'entrée de la cave.

J'ai eu l'impression que quelqu'un m'avait renversé un seau d'eau glacée sur la tête. Ce rat n'avait rien de commun avec ceux qui se faufilaient dans ma maison. Il avait besoin de beaucoup plus que de paquets de farine pour se nourrir.

La reine des rats allait nous manger, et mon frère n'allait pas lever le petit doigt pour nous sortir de là.

Je suis resté paralysé, mais Juan, lui, a essayé de suivre Aaron et les autres. L'un des types de l'équipe de foot l'a poussé et il est tombé en arrière. Sara s'est précipitée pour l'aider à se relever.

— Ce n'est pas la peine de résister, a dit Aaron. De toute façon, ils ne vous laisseraient pas partir.

Je me suis souvenu des rats massés au pied de l'escalier. Aaron a refermé la porte derrière lui. Je me suis retourné vers la reine.

J'ai à peine eu le temps de l'entrevoir que le monstre a attaqué. Il s'est jeté en avant en couinant sauvagement. Je me suis écarté, mais une griffe s'est prise dans mon tee-shirt et l'a déchiré. Sara a crié. Elle a plongé par terre et a attrapé le gros plateau en métal sur lequel était disposée la viande. Elle s'en est servie comme d'un bouclier et a battu en retraite. Le museau du rat s'agitait d'une façon répugnante pendant qu'il s'efforçait de sentir notre odeur.

Celle de ses proies.

— Barrez-vous ! a crié Juan.

Il a couru vers la porte.

J'ai essayé de le suivre. J'ai soudain ressenti une douleur fulgurante. Cette fois-ci, la patte du rat avait trouvé mes côtes. Juan a tourné la poignée de la porte, mais la monstrueuse queue du rat l'a envoyé heurter le mur d'en face. J'ai plongé par terre pour ramasser un gros os pointu.

Le monstre s'est de nouveau précipité sur moi et je l'ai frappé avec l'os. Il a reculé en poussant un vagissement de douleur. Son couinement aigu était perçant. J'ai résisté à l'envie de me boucher les oreilles.

J'ai jeté un coup d'œil derrière le rat. Sara avait ouvert la porte. Elle s'était elle aussi armée, et elle tenait notre assaillant à distance en se servant du plateau et d'un gros os jaunâtre comme d'un bouclier et d'une épée.

— Vite, occupe-toi de Juan ! a-t-elle crié.

Je me suis relevé, essayant de faire le moins de bruit possible pour ne pas attirer l'attention du rat. J'avais mal partout. Je me suis approché de Juan. Il était complètement sonné.

Je l'ai secoué et je l'ai forcé à se remettre debout. Il a gémi.

Le rat s'est tourné vers nous. Il semblait avoir du mal à bouger. Visiblement, il s'était mal remis des blessures reçues au Pérou. Et il était aveugle. C'était là notre seul avantage.

J'ai attrapé Juan fermement par le bras et j'ai foncé vers la porte. Les mâchoires du rat se sont refermées à quelques millimètres de mon épaule. J'ai abattu mon os sur son museau pour le repousser, provoquant un nouveau couinement, et j'ai passé le seuil de la porte.

Nous sommes arrivés au pied de l'escalier.

Les autres rats étaient toujours là.

Ils me semblaient encore plus énormes que tout à l'heure, montant la garde dans la pénombre de la salle comme une armée grouillante. Sara a hésité. Je l'ai poussée vers l'avant pour échapper aux dents du rat aveugle qui tentait de s'engouffrer à notre suite.

— L'escalier ! Il faut monter ! ai-je crié.

Traînant Juan par le bras, je me suis élancé au milieu des rats. J'ai essayé d'ignorer leur présence et leur fourrure chaude et rêche que je sentais contre mes jambes malgré mon pantalon.

Quand j'ai posé le pied sur la première marche, ils se sont tous précipités vers nous. Ils essayaient d'escalader nos jambes, et je devais m'ébrouer constamment pour leur faire lâcher prise. Je me suis baissé pour éviter l'énorme reine pendant que Sara lui assénait un coup de plateau dans les dents. Elle a reculé, cependant je sentais toujours son haleine chaude et chargée de sang dans mon dos.

Les autres rats ont profité de notre distraction. L'un d'entre eux a réussi à se hisser jusqu'à l'épaule de Juan. Il a planté ses dents dans son cou.

Ça a tiré Juan de sa torpeur. Il a projeté l'animal avec un cri sauvage le plus loin possible et il a gravi l'escalier au pas de charge, Sara sur ses talons. Je me suis mis à courir moi aussi. J'ai trébuché sur un gros rat noir. J'ai pris appui sur les marches pour me relever sans me préoccuper de ce que mes mains touchaient. Au moment où j'ai réussi à me remettre debout, quelque chose a attrapé ma chaussure et m'a tiré en arrière.

J'ai lâché l'os et j'ai agrippé le bord d'une marche. J'ai planté mes ongles dans le bois, ruant dans tous les sens pour ne pas être entraîné au fond de la cave.

J'ai jeté un coup d'œil par-dessus mon épaule. Les crocs jaunes de la reine des rats étaient solidement plantés dans ma basket droite. La pointe de ses dents chatouillait mon pied.

Les autres rats se sont tous précipités vers moi. J'ai cru un instant que j'allais mourir étouffé plutôt que dévoré par leur reine. Je sentais leurs pattes froides et leurs longues queues sur moi. J'ai lâché la marche d'une main et j'ai tendu le bras pour récupérer mon os. Je l'ai arraché à un gros rat gris auquel il manquait une patte. Je l'ai agité en l'air et j'ai réussi à disperser la meute. Mais les rats revenaient sans cesse à la charge. Leur reine a secoué la tête, me faisant descendre de plusieurs marches. Le bois a râpé mes paumes déjà écorchées et je me suis cogné le menton. Mes dents se sont violemment entrechoquées et les larmes me sont montées aux yeux.

Ma salive avait goût de sang.

Soudain, j'ai entendu des pas rapides. J'ai relevé la tête et distingué Sara à travers ma vue brouillée.

— Allez-vous-en, laissez-le ! a-t-elle crié.

Elle a agité son os et son plateau en l'air pour les faire fuir. La reine a lâché mon pied. En une fraction de seconde, j'ai su qu'elle allait me mordre et que, cette fois, ce ne serait pas ma chaussure qui serait percée de ses dents.

Sara m'a attrapé par le bras et m'a aidé à me relever. Évitant la gueule du monstre, je me suis enfui.

Quelques marches plus loin, le rat a attrapé ma jambe. J'ai crié et je me suis débattu comme un beau diable, tentant de me dégager.

Sara a fait volte-face. Elle a ouvert la bouche, horrifiée, quand elle a vu la reine, les crocs plantés dans mon mollet, qui refusait de lâcher prise. Je me suis retourné et j'ai projeté l'os de toutes mes forces dans l'un de ses yeux blancs. L'animal a poussé un hurlement si terrible qu'il semblait presque humain.

Sara et moi avons grimpé les dernières marches quatre à quatre. Nous avons déboulé hors de la trappe et Juan l'a rabattue derrière nous. Des couinements se sont immédiatement élevés.

En dessous, les rats ont commencé à ronger le bois.

— Il faut la bloquer, ai-je dit.

Nous avons poussé le canapé jusqu'au-dessus de la trappe. L'adrénaline me montait à la tête et je n'éprouvais presque plus la sensation cuisante qui palpitait dans ma jambe.

— Il faut brûler la maison, a dit Sara.

Juan, plié en deux et haletant, s'est redressé brusquement.

— T'es folle ! T'as écouté ce qu'on t'a raconté ? Chaque fois que les rats attaquent, le village brûle.

— Oui, a dit Sara. Parce que c'était Aaron, ou la personne que le rat contrôlait à ce moment-là, qui mettait le feu pour couvrir ses traces. Il faisait exprès de tout faire brûler. Nous, il faut juste qu'on tue le gros rat. Si c'est une reine et que ça fonctionne vraiment comme une ruche, les autres ne poseront plus de problème.

Son raisonnement me semblait sensé. Complètement dément, mais sensé.

— Comment on va faire ? ai-je demandé.

— Tu rigoles ? Toi aussi tu veux jouer au dératiseur de l'extrême ? a dit Juan.

— Tu as une meilleure idée ? me suis-je énervé. Parce que cette reine des rats ou je ne sais pas quoi tue des gens. Et elle contrôle mon frère. Alors, s'il faut brûler cette maison, je le ferai !

Juan n'a rien répondu.

Sara est sortie de la pièce. Elle est revenue peu de temps après avec une bouteille et un long objet blanc qui m'était vaguement familier.

— La maison est vide, a-t-elle dit. Je ne sais pas où Aaron et l'équipe de football sont passés, mais ils ne sont plus là.

J'ai hoché la tête.

— Il n'y a pas d'arbre dans le jardin, et la maison suivante est assez loin, a-t-elle ajouté. Si on appelle les pompiers à temps, je pense que ça ira.

J'ai désigné ce qu'elle tenait.

— C'est quoi ?

— Oh, un allume-gaz qui traînait dans la cuisine. On a de la chance, ils ont aussi de l'alcool à brûler. Avec ça, on va pouvoir mettre le feu facilement.

Je suis parti d'un rire nerveux. Jamais je n'aurais cru entendre ce genre de phrase sortir de la bouche de ma cousine.

Un choc sourd a fait trembler le canapé. Des couinements aigus nous sont parvenus de la cave. Les rats rongeaient le plancher de façon de plus en plus frénétique, comme s'ils savaient ce que nous nous apprêtions à faire.

— Vas-y, ai-je dit.

Sara a ouvert la bouteille. Elle a arrosé le canapé, puis le tapis jusqu'au tas de bois qui flanquait la cheminée. Sa main tremblait.

Je lui ai pris l'allume-gaz et j'ai appuyé sur le bouton rouge. Une flamme bleuâtre est apparue avec un cliquetis. J'ai enflammé le canapé.

Tout d'un coup, le sol a tremblé. Le canapé a bougé. Il m'a semblé entendre des milliers de pattes courir sous le plancher et je ne savais plus si j'entendais des couinements affolés ou les crépitements du feu qui se propageait rapidement.

— Sortons d'ici, ai-je dit.

Juan et Sara ne se sont pas fait prier. Je les ai suivis dehors, les jambes flageolantes.

— On ferait mieux d'attendre un peu et d'appeler les pompiers avant de partir, a dit Sara.

— Quoi ? a dit Juan. On ne va pas rester là ! Et si Aaron revient ? Et si quelqu'un nous voit ? Ils vont savoir que c'est nous qui avons mis le feu. Je suis trop jeune pour aller en prison !

Sara a levé les yeux au ciel.

— Sara a raison, ai-je dit. On ne peut pas risquer de faire brûler tout le quartier.

J'ai croisé les bras, incapable de faire abstraction des rats qui fouillaient dans les poubelles environnantes et des cris de panique qui semblaient venir de la ville entière.

J'avais envie de retourner chez Juan, de me cacher sous les couvertures et de prétendre que rien de tout ceci n'était jamais arrivé.

J'ai observé Juan et Sara. Nous étions tous les trois couverts de plaies et de bleus. Je me demandais comment on allait expliquer ça à nos parents.

Peut-être que demain la reine des rats serait morte. Peut-être que Sam serait redevenu normal et que l'invasion de rats ne serait plus qu'un mauvais souvenir.

En tout cas, les minutes passaient et rien ne sortait de la maison.

— Tu crois que la reine est morte ? a demandé Sara.

— J'en sais rien, ai-je répondu d'un ton sec. Je vois la même chose que toi.

Ses épaules se sont contractées et elle a baissé les yeux, l'air blessée.

— Désolé, ai-je dit. Je suis crevé.

J'aurais dû dormir depuis longtemps. Pourtant, je ne me sentais pas fatigué. Ma jambe me faisait mal et j'avais l'impression qu'un courant électrique parcourait mes nerfs.

Le bruit des rats que j'essayais de ne pas regarder traverser la route pour passer d'un jardin à un autre était insupportable.

Une quinte de toux m'a tiré de mes pensées. Sara avait pressé une main contre sa bouche. Je me suis souvenu qu'elle était sujette à des crises d'asthme quand elle était petite.

— On devrait appeler maintenant, non ? a suggéré Juan.

Il a considéré la maison d'Aaron avec appréhension.

La fumée qui en sortait était si épaisse que j'étais étonné que personne ne s'en soit déjà préoccupé. L'odeur de brûlé était horrible et des particules invisibles me chatouillaient la gorge.

Juan a sorti son téléphone sans attendre ma réponse. Il a appelé les pompiers, donné l'adresse et a raccroché avant qu'ils ne lui demandent son nom.

— On devrait y aller, a dit Sara. Ça va, ta jambe ? Il faudrait que tu voies un médecin, non ?

J'ai baissé les yeux vers mon mollet. Le pantalon que j'avais emprunté à Juan était déchiré. Je ne pensais pas qu'il m'en voudrait, vu les circonstances. Ma blessure n'était pas belle à voir, mais elle ne saignait plus.

— Non, c'est bon. Je mettrai des trucs dessus en rentrant.

— T'es sûr ? Les rats transmettent plein de maladies, a-t-elle dit.

— Ah ouais ! Comme la peste ! est intervenu Juan.

— Merci les gars, ça me rassure beaucoup, ai-je grincé. Ne traînons pas ici, les pompiers vont arriver.

Nous sommes partis, cherchant à nous éloigner de la maison en feu au plus vite. Je me suis forcé à suivre la cadence, malgré la sensation de brûlure dans ma jambe. C'était juste une morsure, et je ne pensais pas que le rat avait la peste.

Sinon, Aaron l'aurait forcément attrapée, non ?

Il y a eu des coups de feu dans le lointain. Sans doute quelqu'un qui essayait de faire fuir les rats qui avaient envahi sa maison. Avant de tourner dans la petite rue adjacente, j'ai contemplé une dernière fois celle d'Aaron.

Quoi qu'il y ait à l'intérieur, j'espérais que c'était parti en fumée.

Il fallait presque trois quarts d'heure pour retourner chez Juan. Nous avons marché en silence, trop tendus pour trouver le moindre sujet de conversation.

Je me concentrais sur la douleur et le bruit de mes pas afin de ne rien voir ni entendre.

Et si le rat était derrière nous ? Si les autres attaquaient ? Où étaient passés les membres de l'équipe de football ?

À un moment, les pompiers nous ont dépassés, toutes sirènes hurlantes. Ça m'a aidé à me sentir un peu mieux. Au moins, le feu serait éteint à temps.

À mi-parcours, Sara s'est arrêtée.

— Attendez !

Mon estomac s'est contracté.

— Quoi ?

— Vous avez remarqué ?

Juan a secoué la tête.

— Non.

— Il n'y a plus de rats !

J'ai retenu mon souffle. C'était vrai, je ne les entendais plus. Il n'y avait pas beaucoup de maisons à cet endroit. Apparemment, les rats n'avaient réveillé personne ici. Peut-être n'y avait-il rien pour les attirer. Ou peut-être les propriétaires étaient-ils tous partis en vacances. Ça arrivait, à cette période de l'année.

— Ils sont seulement partis ailleurs, ai-je dit.

Nous avons repris notre route, les oreilles aux aguets. Nous avons atteint le centre-ville.

Il n'y avait plus trace des rats. Cependant, je me souvenais de la discrétion avec laquelle ils se faufilaient partout. Ils avaient été là pendant des semaines avant qu'on ne les remarque.

J'ai surveillé les environs tout le reste du chemin. Il y avait encore des gens dehors, chassés de leur maison par les rongeurs qui s'y étaient installés. Mais la plupart rentraient déjà chez eux.

Aucun cri, aucune poubelle renversée, aucun coup de feu ne perturbait le silence de la nuit.

Sara s'est arrêtée à une intersection.

— Je rentre à la maison, a-t-elle dit. Je dois vérifier que mes parents vont bien. Les connaissant, ils n'ont même pas dû se réveiller. Enfin, j'espère, parce que sinon ils doivent être furieux.

— Ils t'auraient appelée, s'ils te cherchaient, a remarqué Juan.

— C'est vrai.

Elle a haussé les épaules avec un sourire.

— J'oublie tout le temps que j'ai un téléphone, maintenant.

J'ai regardé autour de moi. Rien. Pourtant, je n'arrivais pas à chasser le sentiment que c'était beaucoup trop facile. Ils avaient juste disparu aussi soudainement qu'ils étaient apparus.

Percevant mon malaise, Sara a posé la main sur mon bras.

— C'est fini, a-t-elle dit. Regarde : il n'y a plus de rats. Maintenant que leur reine est morte, ils ont dû partir se cacher quelque part. Les dératiseurs s'en occuperont plus tard.

— Peut-être, ai-je dit.

— À demain.

— À demain, ai-je répété.

Juan lui a fait un signe de la main. Nous avons regardé Sara s'éloigner, puis nous sommes partis de notre côté.

— Tu crois que tes parents ont remarqué qu'on est sortis ?

— Ils n'ont pas appelé non plus, a-t-il dit. Si on rentre discrètement, je pense qu'on est bons.

Quand nous sommes arrivés, la maison était toujours plongée dans l'obscurité. Puis nous sommes allés désinfecter nos plaies dans la salle de bains. Si je n'avais pas eu aussi mal, tout ceci aurait pu passer pour un cauchemar.

Sara a appelé le portable de Juan pour dire qu'il n'y avait plus aucun rat chez elle. Ses parents ne s'étaient même pas réveillés. Ensuite, Juan et moi sommes allés nous coucher. Nous étions si fatigués que nous ne tenions plus debout.

Après un moment, la respiration de Juan est devenue régulière. Moi, je suis resté dans le noir, les yeux grands ouverts.

J'ai fermé les paupières et j'ai respiré à fond plusieurs fois de suite. Il fallait que je me calme. Il n'y avait plus aucun danger, puisque la reine des rats était morte.

Ensuite, tout s'est brouillé. J'ai pensé à des gaufres et à un jeu vidéo avec des aliens. J'ai dû finir par m'endormir.

Puis, brusquement, je me suis assis.

Quelqu'un a ri. Je suis allé dans la salle de bains et j'ai pris toutes sortes de bouteilles et de bandages.

Je n'arrivais pas à contrôler mon corps. Paniqué, j'ai essayé de crier, sans y parvenir.

— Je t'ai mordu, a soudain dit une voix dans ma tête. Tu n'as pas compris ? Idiot d'humain...

J'avais été mordu. Comme les membres de l'équipe de football. Comme Aaron, sans doute.

Le rat les contrôlait de cette façon.

La reine était toujours en vie.

Et elle était dans ma tête.

Non.

Mon corps est sorti de la maison. Une voiture attendait devant le portail. Je suis monté à côté d'Aaron sans hésiter.

Non !

— Ce n'est rien, a dit ma bouche. Tu t'y feras. Ils ont tous essayé de résister, au début... Tu finiras par abandonner. Quand *Tom* aura complètement disparu, je te rendrai la maîtrise de ton corps. Tu seras heureux de me servir. Exactement comme ton cher frère. Ne t'en fais pas, ça ne prendra pas longtemps.

Non ! Au secours !

Aidez-moi ! Juan !

Mais pas un son ne s'échappait de mes lèvres.

« Tom » allait disparaître. J'allais devenir un robot, comme les joueurs de l'équipe de foot.

Aaron a démarré la voiture. J'ai attaché la ceinture de sécurité et j'ai regardé par la vitre, sentant un sourire sur mes lèvres. Nous allions bien nous occuper de la reine. Avec Sam et moi, Aaron et les membres de l'équipe de football, elle serait bientôt de nouveau sur pied.

Au secours !

Le lendemain, je rentrerais chez moi et personne ne se douterait de rien. Personne ne saurait que j'étais à présent enfermé dans ma propre tête, prisonnier de la reine des rats.

Pour toujours.

FIN

Épilogue

J'ai relu une fois mon texte avant d'appuyer sur le bouton « envoyer ». Je me suis étiré et mon dos a craqué. Il faisait presque nuit dehors. J'avais passé des heures sur cette histoire, et j'espérais bien que j'allais gagner le premier prix.

Un bruit m'a fait sursauter.

On aurait dit un grattement.

J'ai allumé la lampe de mon bureau. Je me suis approché de la bibliothèque et me suis penché vers l'étagère du bas.

Le bruit s'est arrêté.

Je me suis redressé et me suis mis à rire. J'avais réussi à me faire peur à moi-même avec cette histoire.

Je me suis retourné vers mon ordinateur.

Il y avait quelque chose sur mon lit. Quelque chose de noir avec un museau pointu qui bougeait constamment et une queue rosâtre.

Un rat.

J'ai hurlé. Je suis resté là, figé, et j'ai crié parce que je ne savais pas quoi faire d'autre.

C'était *impossible*. Comment ce rat était-il entré ?

Mon ordinateur a émis un bip. Du coin de l'œil, j'ai vu un message s'afficher sur l'écran. Lentement, sans cesser de surveiller le rat, je me suis avancé pour le lire.

Nous vous remercions de votre participation.

Nous sommes cependant au regret de vous rappeler que, chez Mephisto et Associés, le mensonge est strictement interdit.

Et sévèrement puni.

Vous avez signé le règlement.

N'est-ce pas, Tom ?

Cordialement,

Professeur Mephisto

— Comment ils ont pu lire mon histoire aussi vite ? ai-je demandé à haute voix.

Derrière moi, le grattement a repris.

Le rat était toujours sur mon lit.

Je suis sorti de la chambre en courant. Je suis allé chercher ma mère dans le jardin. Elle est remontée avec moi, un balai à la main.

Il n'y avait plus trace du rat.

Quand mon frère est rentré, il a annoncé que son équipe de foot comptait un nouveau membre. Un garçon qui arrivait tout juste du Pérou. Mes parents ont parlé de lui prêter des vêtements car ses affaires n'arriveraient que la semaine prochaine. Ses parents les lui faisaient envoyer par bateau.

Le lendemain, j'ai cherché Richard. Il n'est pas venu en cours. L'après-midi, le proviseur nous a annoncé qu'il avait dû retourner dans son pays à cause d'un problème familial.

J'ai essayé plusieurs fois de retourner sur le site de Mephisto et Associés, mais il semblait avoir disparu du Web.

Les ombres aux museaux pointus, elles, étaient toujours là. Et je savais que quand la reine viendrait pour moi, personne ne me croirait. Personne ne m'aiderait.

Parce que, après tout, j'avais tout inventé.

N. M. Zimmermann

Corrompue dès son plus jeune âge par la lecture de *Dracula*, N. M. Zimmermann s'engagea rapidement dans l'étude poussée des sciences criminelles et des créatures étranges. Cohabitant occasionnellement avec des vampires, elle entretient également des relations cordiales avec les fantômes qui hantent son appartement. Elle vit actuellement avec trois trolls, deux lapins-garous, et une vicieuse colonie de *Code pénal*. Très occupée par l'étude de techniques ancestrales lui évitant de se faire dévorer pendant la nuit par ses nouveaux amis, elle continue cependant d'écrire pendant son temps libre – pas qu'elle ait du temps libre, mais elle fait comme si.

Camille Benyamina

Après l'obtention d'un baccalauréat Arts appliqués, Camille Benyamina a passé son diplôme de dessinateur-concepteur option illustration à l'école Émile Cohl à Lyon. Elle est aujourd'hui artiste 2D chez Electronic Arts (jeux vidéo) et travaille en parallèle en tant qu'illustratrice et bédéiste indépendante.

Table des matières

ROMANS

Tout un monde de lecture
entre les mains.

TITRES DÉJÀ PARUS

Flammarion jeunesse

Chaân, la rebelle (tome 1)

Christine Féret-Fleury

3 500 ans avant notre ère, au cœur de la Préhistoire... Chaân, une jeune fille éprise de liberté, défie les lois de son peuple en apprenant à chasser en secret. Elle est alors rejetée par tous les habitants du village et par son propre père. Chaân semble prête à tout pour conquérir son indépendance. Mais saura-t-elle surmonter les épreuves qui l'attendent ?

« Non, elle ne laisserait personne l'empêcher de vivre à sa guise. S'il le fallait, elle se battrait. Elle supporterait les pires épreuves… »

Le premier épisode des aventures de Chaân.

Flammarion jeunesse

Claudine de Lyon
Marie-Christine Helgerson

Claudine a onze ans, elle travaille dix heures par jour dans l'atelier de son père, à tisser de la soie. Mais cette vie épuise la petite fille qui tombe gravement malade. Pour guérir, elle part à la campagne. Claudine veut retrouver la santé et elle n'a pas envie de retourner à Lyon pour travailler. Ce qu'elle désire par dessus tout, c'est aller à l'école et réaliser son rêve : savoir lire, écrire et surtout dessiner.

« J'en ai assez de recevoir des ordres. Je veux choisir pour moi. Je sais bien ce que je ferai : j'irai à l'école, j'apprendrai des tas de choses et je ferai des dessins encore plus beaux que ceux de Carlo. »

Flammarion jeunesse

De Sacha à Macha

Rachel Hausfater et Yaël Hassan

Derrière son ordinateur, Sacha envoie des mails à des destinataires imaginaires, comme autant de bouteilles à la mer. Jusqu'au jour où Macha répond. Commence alors une bien étrange correspondance, pleine de tâtonnements mais aussi de confidences... Est-ce le début d'une belle amitié ?

« Tu m'as fait une de ces peurs ! J'ai eu l'impression que j'allais tomber dans un gouffre. Tu es la seule personne qui m'ait tendu la main : j'ai besoin que tu me la tiennes encore un peu. Beaucoup. Longtemps. Toujours. »

Flammarion jeunesse

Jonathan Livingston le goéland

Richard Bach

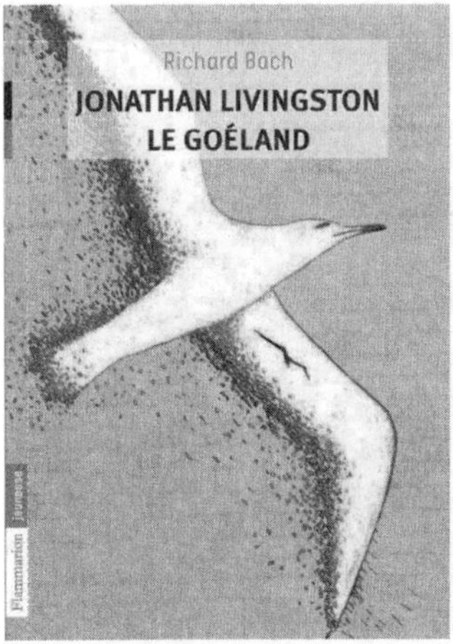

Jonathan Livingston n'est pas un goéland comme les autres.
Sa seule passion, c'est de voler toujours plus vite,
toujours plus haut. Incompris des autres goélands,
il est chassé du clan. Il poursuit, solitaire, sa quête de liberté.
Sera-t-il condamné à vivre son rêve seul ?

« Il remarqua qu'aux vitesses extrêmes plusieurs plumes dressées simultanément le faisait tournoyer comme une balle de fusil… Jonathan venait de réussir la première acrobatie aérienne de toute l'histoire terrestre des goélands. »

Flammarion jeunesse

Jun-ling, une enfance chinoise
Adeline Yen Mah

Orpheline de mère, Jun-ling est le souffre-douleur de sa famille. Ses frères et sa sœur lui reprochent la mort de leur mère et son père la néglige. Soutenue par son grand-père Ye Ye et sa tante Baba, Jun-ling apprend à avoir confiance en elle et à partager leur amour des lettres. Elle y puisera la force de prendre son envol...

« Tu as à l'intérieur de toi quelque chose d'unique, de précieux, je l'ai toujours senti. Tu ne dois pas le gaspiller. Il faut leur prouver qu'ils ont tort. Promis ?
- Juré ! »

Flammarion jeunesse

L'heure du renard
Marie-Claude Bérot

Isa est une petite fille peu ordinaire.
Elle connaît chaque plante, chaque animal, chaque étoile.
Elle aurait même de mystérieux pouvoirs...
Isa aime se réfugier dans la forêt où elle peut écouter
la nature lui souffler ses secrets. Un jour, à la tombée
du soleil, elle rencontre un renard sauvage.
Les destins de la bête et de l'enfant semblent liés...

« - Ne bouge pas, je vais revenir. Tu entends, je vais revenir.
Le renard, comme s'il avait compris, souleva ses paupières
et les laissa retomber. »

Flammarion jeunesse

L.O.L.A.
Claire Mazard

Qui adresse du courrier à Lola sans le signer ?
Pourquoi un inconnu l'a-t-il choisie comme confidente ?
Pour la jeune collégienne, ces lettres anonymes sont d'abord agaçantes, puis touchantes et finalement intrigantes.
Lola décide de mener son enquête.
La réponse est pourtant si proche d'elle...

« À la fin de la troisième lettre, en bas de la page, quelques lignes avaient été rajoutées : Je ne saurais te redire, Lola, combien cela m'aide de te raconter mon histoire. »

Flammarion jeunesse

L'île au trésor
Robert Louis Stevenson

Jim Hawkins, jeune garçon courageux, s'embarque sur un navire à la recherche d'un trésor enfoui sur une île déserte. Il se trouve alors aux prises avec des pirates patibulaires, dont un certain Long John Silver doté d'une jambe de bois. Cette aventure incroyable nous plonge dans un monde de pirates sanguinaires, plus vrais que nature, qui s'entredéchirent sur une île brûlée par le soleil. L'affrontement sera sans merci...

« En admettant que j'aie ici dans ma poche un indice capable de nous guider vers le lieu où Flint a enterré son trésor, croyez-vous que ce trésor serait considérable ? »

Flammarion jeunesse

Le col des Mille Larmes

Xavier-Laurent Petit

Galshan est inquiète : cela fait plus de six jours que son père, Ryham, chauffeur de poids lourds, aurait dû rentrer. Les journées sont interminables pour la jeune fille et chaque nuit elle fait le même cauchemar : un camion fonce sur elle avant de s'engloutir dans le vide. Tout le monde pense que Ryham a péri lors de la traversée du col des Mille Larmes. Galshan, elle, sait que son père est en vie...

« Galshan devint blanche comme un linge. Les images de son rêve explosèrent en elle avec une telle violence qu'elle s'appuya contre le mur pour ne pas tomber. »

Retrouvez Galshan dans *153 jours en hiver.*

Flammarion jeunesse

Le diable dans l'île

Christian de Montella

1604. Un navire espagnol accoste une île
des Terres australes. Fils du commandant, Diego refuse
la barbarie de cette conquête : il combat… mais du côté des
indigènes. Avec eux, il découvre une nouvelle vie, heureuse.
Jusqu'au jour où des incidents sèment la panique :
un esprit diabolique rôde dans l'île !
Les habitants soupçonnent Diego…

*« J'étais dans une colère qui valait bien celle de leur yarimu,
de leur diable. Autour de moi, alors que l'incendie
rougeoyait, s'asphyxiait, faute de combustible, on chuchotait.
On chuchotait que, de mémoire d'homme,
aucune habitation n'avait jamais pris feu de la sorte. »*

Flammarion jeunesse

Le merveilleux voyage de Nils Holgersson à travers la Suède

Selma Lagerlöf

Pour s'être moqué d'un lutin, Nils va être ensorcelé et devenir à son tour tout petit. Il décide alors de voyager à travers son pays, jusqu'en Laponie, tenant fermement par le cou Martin, un jars qui l'emporte dans les airs. Grâce à ce voyage, Nils va découvrir le monde. Prendra-t-il conscience de ses erreurs passées ?

« L'eau des canaux était limpide et scintillante.
Pour Nils, c'était un vrai paradis :
Je n'ai jamais rien vu d'aussi beau ! »

Flammarion jeunesse

Le Seigneur sans visage

Viviane Moore

Tir à l'arc et duel au corps à corps sont au nombre des épreuves qui attendent le jeune Michel au château de la Roche-Guyon. Mais son apprentissage de chevalier est interrompu par une série de meurtres. Guillaume, le maître des lieux, reste reclus dans son donjon alors que son épouse, la belle Morgane, semble en danger... Prêt à tout pour la protéger, Michel percera-t-il enfin le secret du Seigneur sans visage ?

« Le silence retomba. J'étais sûr qu'Hervé venait aux nouvelles, curieux comme les autres, comme moi aussi, de tout savoir sur la mort du maître d'œuvre. »

Flammarion jeunesse

Imprimé à Barcelone par:

CPI
BLACK PRINT

Dépôt légal : juin 2013
Numéro d'édition : L.01EJEN001005.N001
Loi N° 49-956 du 16 juillet 1949
sur les publications destinées à la jeunesse